黼黻圖抄本兩種

〔清〕王曇 著

浙江古籍出版社

圖書在版編目（CIP）數據

黼黻圖抄本兩種 /（清）王曇著. -- 杭州：浙江古籍出版社, 2024.4

（宛委遺珍）

ISBN 978-7-5540-2856-8

Ⅰ. ①黼… Ⅱ. ①王… Ⅲ. ①古典詩歌 - 詩集 - 中國 - 清代 Ⅳ. ①I222.7492

中國國家版本館CIP數據核字（2024）第047357號

宛委遺珍

黼黻圖抄本兩種

〔清〕王曇　著

出版發行	浙江古籍出版社 （杭州市體育場路347號　郵編：310006）
網　　址	http://zjgj.zjcbcm.com
責任編輯	伍姬穎
封面設計	吳思璐
責任校對	吳穎胤
責任印務	樓浩凱
照　　排	浙江大千時代文化傳媒有限公司
印　　刷	浙江海虹彩色印務有限公司
開　　本	889 mm × 1194 mm　1/12
印　　張	16.666
版　　次	2024年4月第1版
印　　次	2024年4月第1次印刷
書　　號	ISBN 978-7-5540-2856-8
定　　價	238.00圓

出版前言

本書收録《黼黻圖》抄本兩種，一爲趙萬里抄本，兩册；一爲張宗祥抄本，一册。均爲名家手筆。

《黼黻圖》又稱《黼黻圖回文詩》，清人王曇所作。王曇（一七六〇—一八一七），又名良士，字仲瞿，號秋涇生，浙江嘉興人。寓居蘇州、杭州。王曇詩文皆擅，辭麗氣雄。有《煙霞萬古樓詩選》《文集》傳世。

論及《黼黻圖》，不能不言王曇繼配金禮嬴。金禮嬴（一七七二—一八〇七），字雲門，號五雲、東橋、雲門女史、會稽内史，自號昭明閣女史、昭明閣内史，浙江山陰（今紹興）人。金禮嬴嫁與王曇後，夫婦以詩文書畫相商榷，儼然宋代趙明誠、李清照情狀。王曇曾自撰楹聯：『家中有碧水丹山，妻太聰明夫太怪；門外皆青磷白骨，人何寥落鬼何多。』一語終成惡讖，福慧難以雙修，金禮嬴早逝，年僅三十六歲。王曇乃爲作此圖，以寄哀情。據張鳴珂跋，《黼黻圖》當包含全圖一幅，分圖四十九幅，共五十圖。而王曇並未最終完成這一回文詩鉅製，僅繪成三十四幅。

關於《黼黻圖》的版本，據目前所知，略述如下。

王曇自撰此詩，并親自摹繪，此手稿本在其身後，爲同鄉張鳴珂訪得，張鳴珂於咸豐甲寅（一八五四）七月摹寫一過後，棄置書篋中五十餘載。是爲張鳴珂抄本，今已不存。張鳴珂抄本後爲秀水（今嘉興）孟豪（字祉昉）、錢塘（今杭州）潘世傑（字士豪）借去，經潘世傑抄録摹繪、孟豪校勘後，張鳴珂原打算將此抄本付諸石印，并請吴受福署檢，自己撰序略述前因，惜於次年（一九〇八）去世。是爲潘世傑抄本，今已不存。此抄本大概一直在嘉興一帶輾轉流傳，後爲青年趙萬里所見，又抄録一過，即本書所收趙萬里抄本，原本今藏中國國家圖書館。海寧張宗祥一直以來留意王曇遺書。張鳴珂辭世後，張宗祥經多方打聽探詢，於孟豪處獲得《黼黻圖》，并録副，是爲張宗祥抄本，《鐵如意館手抄書目》有著録，原本今藏浙江圖書館。兩種抄本同出一源，均來自潘氏抄本，惟趙氏抄本前有王國維題簽，後有吴梅跋，而張氏抄本則無。

《黼黻圖》抄本系統曾有過兩次出版的機會，一次是在光緒三十三年（一九〇七），據張鳴珂序：『今將付諸石印，爲述其緣起如此。』可惜的是，據張鳴珂《寒松閣談藝瑣録》卷一吴受福附識所知：『仲瞿先生《黼黻圖》，老人擬付石印，未果。』一次則在張宗祥抄録此書之後。據《張宗祥文集》卷二《王仲瞿遺書》所云：『己巳（一九二九）冬，金甸丞先生欲刻禾郡叢書，徵書於予。予以此書及高氏《忠節録》兩種應之。及未及興工，甸老復故，真不幸之甚。』一百年後，此書僅存的兩種抄本終得合壁影印行世，不得不謂其中自有機緣在。

原書为綫裝。本次有別於常規影印方式，將原書前後頁拼爲一圖，以便讀者觀覽。本書儘可能保存底本原貌。因底本紙張收縮造成識讀困難等情況則稍作調整，其他一仍其舊。

另有署名清昭明閣内史撰《擬趙陽臺回文詩》。昭明閣内史即金禮嬴，《擬趙陽臺回文詩》或爲《黼黻圖》之别称。目前僅知有《春暉堂叢書》道光二十年刻本，爲日本《東洋文庫》所收。國内則見《内蒙古自治區綫裝古籍聯合目録》提及，藏于中共呼和浩特委員會黨校圖書館。浙江圖書館亦有《春暉堂叢書》道光二十年刻本，但未提及《擬趙陽臺回文詩》。道光二十年爲公元一八四〇年，如此回文詩確實存世，則《黼黻圖》的刻本甚至早于本書所收兩種抄本。囿于條件，此三種《春暉堂叢書》道光二十年刻本均不能探訪。因將此一段因緣附之于此，期盼有心之士代爲探得真相。

二〇二四年一月

二〇二四年三月改

目録

黼黻圖　趙萬里抄本

據中國國家圖書館藏趙萬里
抄本影印原書高約三十點七
厘米寬約十六點七厘米

黼黻圖回文詩

壬戌仲夏

觀堂

黼黻圖

光緒丁未秋九月

吳雲禪署檢

蕆

吾鄉王仲瞿先生奇才也貫穿羣籍下筆如飛通兵家言慷慨悲歌不可一世其虎邱山寏室志云所著有詩文集如干卷西夏書如干卷讀竺貫華如干卷鴻範五事官人書如干卷麻代神史如干卷居今稽古之錄如干卷隨園金石考如干卷繙帑集如干卷魚龍鬻傳奇遼蕭皇后十香傳奇如干卷錢梅谿序其文集益以經解三卷史論三卷傳家六法一卷歸農樂傳奇九齣玉鉤洞天傳奇四十八齣萬花緣傳奇四十八齣等身著作獨不及鞴嚴圖者蓋未成之書也先生居秋涇之上署其樓曰煙霞萬古圖書彝鼎劍戟琴簫充牣其中今已鞠為茂草錢梅谿陳雲伯兩先生僅刻其文集六卷詩選二卷餘皆不可復問予從秀水嚴氏借得未刻詩十餘冊選鈔一帙為川沙沈均初孝廉攜去燬于兵燹後在范雯茁處借殘稿一卷亟付手民制藝三十三首涇縣朱幼拙部郎錄授剞劂此圖摹寫一過斷手於甲寅七月弆諸篋衍五十餘年矣秀水孟祉昉錢唐潘士豪兩茂才見而愛之借摹二十餘月始克蕆事鈔錄摹繪均出士豪手筆其校勘則祉昉之力為多祉昉名豪士豪名世傑皆博雅好古留心文獻者也今將付諸石印為述其緣起如此

光緒三十有三年歲在彊梧協洽秋九月乙丑朔私淑弟子嘉興張鳴珂序於秋涇之寒松閣時年七十有九

黼黻圖題解

黼黻圖者靈宮晚出之璇璣也隋亡錦失金輪御題之本傳留千古靡有殊辭但言蕪意疎三千餘首之間韻音轇轕義晦不文又其命曰璇璣曾不能寓圓於方包函動靜名實乖焉茲黼黻一圖圓方肖乎陰陽句股範乎河洛仰含四時日月斗建星宿之形俯窮十二國八索四方營陣之象鸞鳳翔天螭龍攫地運斡之權寓於機杼亦乾坤文字之大能也夫文以足志言以達情蘇氏受毀遭讒才而見棄肺腸抑塞豈乏偉辭迺璇璣傳習陳腐支離不明情志偽亦何疑今靈宮之本四言可以繼變雅風騷五七可以該唐晉宋周彝商鼎效彼銘辭漢碣秦碑樵其讚語言言鈎鎖字字環連萬什千章讀之難盡達情足志良足尚也且夫虞初誕妄蹟涉離奇擒藻之倫豈忘喙訟然古來真偽之傳彼揚此抑事或崇今如必退璇璣而進斯圖吾博非張華不能再入瑯環而證之也

旹乾隆已酉良月望日繡水王曇生題於午餐卯諷之齋

此頁原本似多錯脫
茲姑照錄以俟攷正

秋溼生西陵書事

歲在己酉月陽值甲秋溼生艤舟於揚子之西陵江雲欲霽銀山如屏潮平四尺沙月無聲榜人酌蘭陵之醽童子吹笙水窗上下如有神鐙就枕若脹帆西行者風檣欲裂電閃雷騰白魚拋尺神鴉萬翎上流簫管之聲一船兩　鳳旆龍旌軫軫隱隱若聞韶韺紅欄華繪樓櫓如城曰洞庭神人也馬門隱顯短燭長檠雲鬟衆侍者眉星額月耀若湘靈逆生舟而哂曰彼不逞其文章之技奚慨慷而如萍二鬟導手扶篙而升紅曦西入白月東升霓裙霞帔霞散雲蒸趨蹌再拜目蕩心驚曰妾苻秦竇氏蘇姓蕙名三湘七澤屬我權衡生逡巡少選膽氣方平屏營而請曰亦嘗聞璇璣之穾奧矣欲句讀而未能神覼然笑曰靈笈之秘文非當世之流行也俗人膚淺謬執文評隋亡錦失襲入龍庭金輪僞本不足為憑世不知栴檀糞土之殊等何辯乎文章之死生爾窮墳典耳目晶瑩東南千里地屬軫星海中一窟館曰雲縛靈函秘典十洞三宬靡人披展誰厭神鯖神人廼呪水壁立輦入由庚海龜後轟江鬼前旌門樓百級玉戶瓏玲龍書鳥篆億史千經靈堂九間羅圖一屏神曳裾吟曰此五十圖也璇璣之所由縱橫秋溼生魂神震讋氣沮思怔不能卒讀一字三停司書之女闢匱開扃奇光眴眼異采迷睛錦端數十元黃飛翼生窮心究義劃肚尋音誦之再遍字字瓊瑛神曰是圖也分之衆幅合之一幷明珠走盤十萬餘零非俗傳之轇轕世人之覼聽者也生頫顋稽首誦之在口服之在膺騰忭喜踴寶獲未曾喟然捧頭而言曰奚貴耳賤目不知璇璣之更有真也神恚然憤色曰爾錮於塵好猥慕浮榮文章雕琢寶憚靈精命之不遇何異青盌銀濤瞀合海水魚腥神人不見紅旭如

鉦身飄海岸鷄犬飛鳴如醒大醉覆卧吴舲秋溼生於是披衣磧
叵杜默聰明含毫記錄三日圖成

圖例

一是圖方圓經緯之法出於勾股故字句變合分離東挪西掇

一金輪五色之本卅畫拙直故能用色分數覽之若掌兹圖星陳宿錯或一字十借數十借數百借非色可宣必閱分圖始能循環以讀

一是圖中宮二十五字係河洛之數自一至二自二生四自四生八一三五七奇數用馬故二十五字之少去曚曨八字乃成銘辭幾百餘首而律吕之法備於其中非若璇璣内宫泯塡九字亂無文字者可比

一圖中借字奇妙如八龍之尾則借四鳳之首交龍之頸則跨大龍之背北極之字取於一中二十八宿之字寄於周天春秋冬夏之字奠於巳亥寅申四孟之位其他攏掇讀時意會

一建辰一圖經星方位次序合虞書古令中星日月竝行共由黄道斗柄建寅爰標歲首

一紫微一圖按紫微中垣列曜門户之位中為天樞北極左為天皇右陳垣外則輦道常陳五諸侯列馬此一定之體尋圖而讀至於河鼓西移牽牛東轉每星有體掇讀皆通

一山河一圖其列國地名竝見春秋所載雖江河山嶽不印圖經不過畧如形象耳

一圜枰兼河洛之數方圓動静度合週天

一陣家營隊參天地之奇秘合方圓之真體圖中龍飛一圖迺握奇八陣之一其游兵攻擊具於分圖讀法

一圖形皆係錦名又有大小機軸織具之形錯雜中宮另為圖出若中宮標目銘辭寓於諸圖

讀例

一圖中讀法皆璇璣世本所無如方圓兩體有滚輪讀左旋右旋讀攢三聚五讀折帶讀迴腸讀羅文經緯讀交手讀分手讀銜環讀卸環讀脱甲讀踴躍對待讀進退讀蛇行讀句股讀緜連斷續讀十字交花讀鎖文讀律吕相生讀移阡换陌讀抽心讀穿心讀讀法具於此矣

一篇章積數之多一如璇璣環卸之法故累至如干然璇璣方罫讀之可盡兹圖方圓句弦角法律吕皆備讀之莫盡所注讀法互參可也

一璇璣句有不可迴讀者兹圖無句不迴典則皆可訓也

一詩有五字而讀成絶律十數首者總叶一字為韻句各具意故中有一韻萬字銘以表其體

一太極一環假句讀之法以明陰陽理數之秘乃乾坤之體用方圓之始終故用以貫首

一分圖碎落字句零星各凖全圖方罫之格按位尋文

一全圖外經皆係擬古風雅質重之句中經平易之體以各諧聲律

一分圖每頁之前各置全圖一頁以便檢尋原字方位

黼黻圖諸體廻文讀法總目

錦目

四時錦第二

詩辭總目

夏閣

山雲

歌

龍飛八陣歌　二十八宿古歌

關山歌

謠

蒙龍短謠　蒙龍長謠

讚

乾坤錦三言讚　乾坤錦六言讚

銘

乾坤全錦大環銘　乾坤錦中宮一字銘

乾坤錦中宮二字銘　乾坤錦中宮三字銘

乾坤錦中宮四字銘　乾坤錦中宮五字銘

一韻萬字銘　組繡纂織銘

方圓勾股四言銘　方圓勾股五言銘

方圓勾股三言銘

經緯第一銘　經緯第二銘

經緯第三銘　經緯第四銘

經緯第五銘　經緯第六銘

經緯第七銘

珠纏珏繫璣綰星陳圖連幅稟辭典型鈞樞旋局戲棋衍枰紛數言續意迷戀情親疏讒逆真遺潛凝
璿餘鸝狎字乳砂陛擬衡嵩呼歌任拱鑄猴歔矽陳奔紛器修笑鐘鏞銖銅增盈庫鬟鬢益醜容鸞巾
衡幢魚風霄振凫翠語藹例庸[illegible]錙刀讓鉛利護馨遜于隅戴語
管舟龍[illegible]
闕餾雜清秋風真意孰情人[illegible]
祕鯨津[illegible]
錄噬[illegible]
駢[illegible]
臚[illegible]
勻[illegible]
音[illegible]
選[illegible]
詞[illegible]
備[illegible]
曲[illegible]
管[illegible]
箏[illegible]
壎[illegible]
笙[illegible]
管紋綠星辰爛[illegible]蘭
絲元纏織黃瀾涑顏丰胸脊[illegible]服
比坤地乾天貫串端中[illegible]萬
粟[illegible]
欅[illegible]
銖[illegible]
分[illegible]
明[illegible]
顯[illegible]
微[illegible]
志[illegible]
足[illegible]
篇[illegible]
攄[illegible]
新[illegible]
精[illegible]
纂[illegible]
奇[illegible]
裘[illegible]
飯[illegible]

蘇蕙織錦廻文予嫌其名曰璇璣圖無圓體讀書會稽山中戲代其棄妾趙陽臺亦製一本凡一千五百二十一字讀成短長古律銘謡賛誦五萬七千餘首中含三垣斗柄二十八宿及一切圓象其方罫則列國輿圖風雲天地八陣游兵共圖一幅分圖為四十有九交龍翔鳳萬轉千環握奇變化之數雖兒女心思善讀者亦知為文章之壁壘乎

序

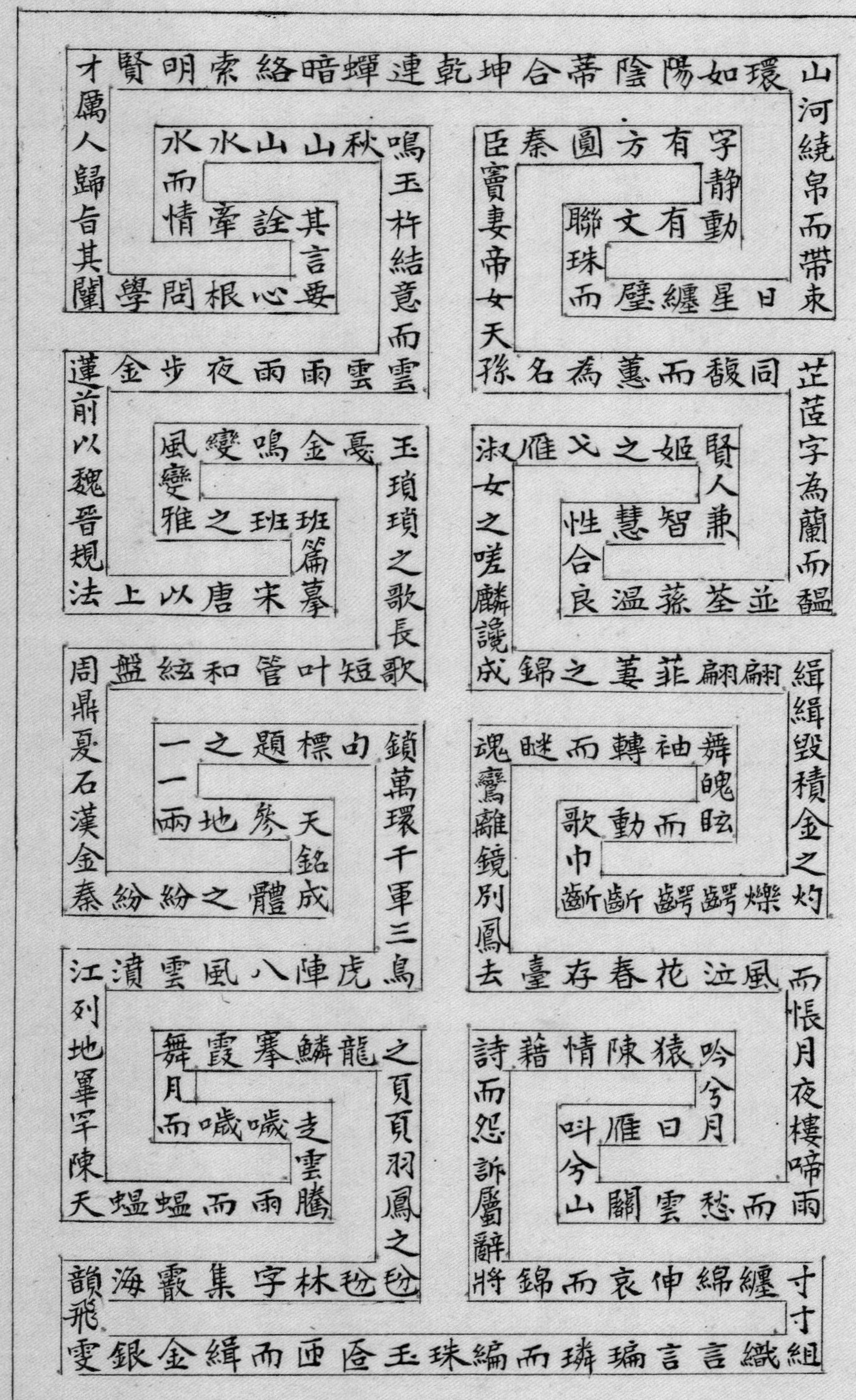

山河繞帛而帶束日星纏壁而珠聯文有動靜字有方圓秦臣竇妻帝女天孫名為蕙而馥同芷茝字為蘭而醞並荃蓀溫良合性慧智兼人賢姬之戈雁淑女之嗟麟讒成錦之萋菲翩翩緝緝毀積金之灼爍齶齶齗齗巾歌動而眩魄舞袖轉而睇魂鸞離鏡別鳳去臺存春花泣風而悵月夜樓啼雨而愁雲關山兮叫雁日月兮吟猿陳情藉詩而怨訴屬辭將錦而哀伸綿纏寸寸組織言言瑞璘而編珠玉匳匣而緝金銀雯飛韻海霰集字林毯毯之鳳羽頁頁之龍鱗搴霞舞月而嘰嘰走雲騰雨而蝹蝹天陳罕畢地列江瀆雲風八陣虎鳥三軍千環萬鎖由標題之一一兩地參天銘成體之紛紛秦金漢石夏鼎周盤絃和管叶短歌長歌之瑣瑣玉戞金鳴變風變雅之班班篇摹宋唐以上法規晉魏以前蓮金步夜雨雨雲雲而意結杵玉鳴秋山山水水而情牽詮其言要心根問學闈其旨歸人厲才賢明索絡暗蟬連乾坤合蒂陰陽如環

序釋

乾坤合蔕陰陽如環山河繞帛而帶束日星纒壁而珠聯文有動
靜字有方圓秦臣竇妻帝女天孫名為蕙而馥同芷茝字為蘭而
馧並荃蓀温良合性慧智兼人賢姬之弋燕淑女之嗟麟讒成錦
之萋菲翩翩緝緝毀積金之灼爍齶齶齗齗巾歌動而眩魄袖舞
轉而瞇魂鸞離鏡别鳳去臺存春花泣風而悵月夜樓啼雨而愁
雲關山兮叫雁日月兮吟猿陳情藉詩而怨訴屬辭將錦而哀伸
綿纒寸寸組織言言瑞璘而編珠玉匼匝而緝金銀雯飛韻海霞
集字林毶毶之鳳羽頁頁之龍鱗搴霞舞月而巇巇走雲騰雨而
蝹蝹天陳罕畢地列江瀆雲風八陣虎鳥三軍千環萬鎖勾標題
之一一兩地參天銘成體之紛紛秦金漢石夏鼎周盤弦和管叶
短歌長歌之瑣瑣玉戛金鳴變風變雅之班班篇摹宋唐以上法
規魏晉以前蓮金步夜雨雨雲雲而意結杅玉鳴秋山山水水而
情牽詮其言要心根問學闡其旨歸人屬才賢明索絡暗蟬連
以上回讀倒顛通用真文古韻其中林名明三字依古諧叶

讀法

右序文順逆兩首一從乾字分心左旋讀至連字止一從連
字分心右旋讀至乾字止

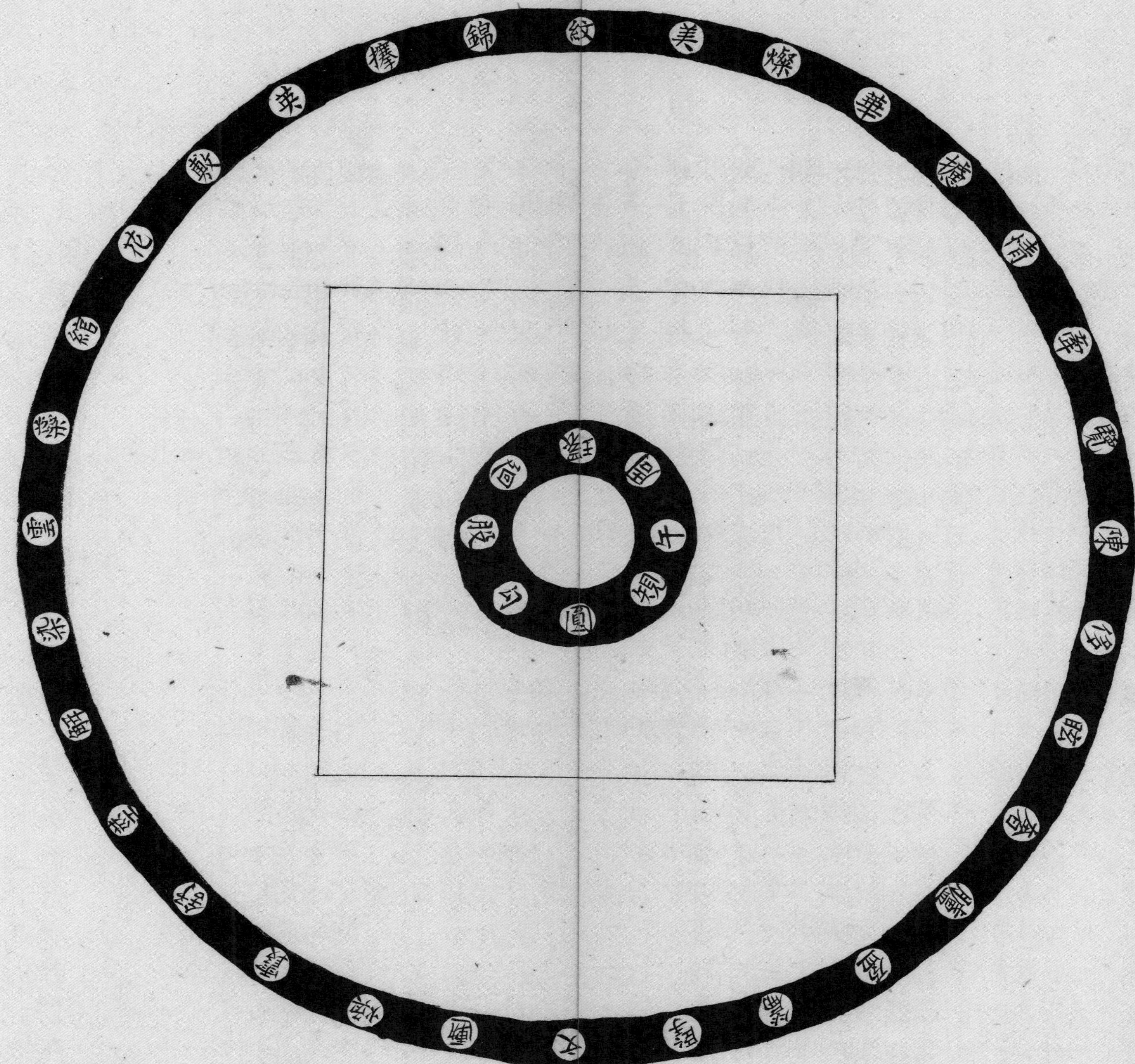

太極乾形錦文釋

一環體動靜而讀如乾之無極故曰太極乾形錦

乾坤金錦大環銘

紋錦攡英敷華綰藥雲染鮮蒕舒霞煥靨文擘篇盈臚奢眩侈陳

覽牽情攄華燦美

讀法

滚輪順逆讀六十四首

鐶銘每四言八句三十二字為一首由紋字向東北讀至美字為第一首由錦字順退至紋字為第二首如是滚輪續退至美字退盡為順讀三十二首由文字向西南讀至靨字為第一首由擘字讀至文字為第二首如是滚輪續退至靨字退盡為逆讀三十二首

交手讀六十四首 後云交手讀者倣此

交手讀者如紋錦攡英藥綰華敷雲染鮮蒕靨煥霞舒是也如是用前逆字順逆滚輪之法讀之得六十四首

分手讀六十四首 後云分手讀者倣此

分手讀者如英攡錦紋敷華綰藥蒕鮮染雲舒霞煥靨是也如是用前逆字滚輪順逆之法讀之得六十四首

律呂上下相生順逆讀四千九十六首

律呂上下順相生者如紋文雲陳是也相生一週為第一首如是逆字起首相生至盡為順生三十二首律呂上下逆相生者如紋文陳雲是也相生一週為第一首如是逆字起首相生至盡為逆生三十二首用是上下順逆相生六十四首之法為隔一位上下順逆相生亦六十四首如是隔二位六十四首隔三位六十四首遞至隔三十一位六十四首為四千九十六首順逆相生之數

循環進退順逆讀三千五百八十四首

循環進退順逆讀者讀往讀來隔句用韻每十六句為一首也如上下破環為二循環順逆進退為二首左右破環為二循環順逆進退為二首四隔破環如法讀之又為四首若破環為四如法讀十六首破環為八如法讀三十六首如是破環進退順逆用前滚輪順逆逐字為句六十四首之法讀積三千五百八十四首

斷環對待順逆讀二千四百八十首

斷環對待順逆者隔句法也如隔兩句對讀各八首隔一句順逆對讀又各八首為十六首如是斷環順逆對待用前滚

右太極乾形一圖凡三十二字八卦而再重之也左十六字為陽右十六字為陰兩儀之動靜也順讀三十二首取乾逆讀三十二首取坤六十四卦之分經也律呂相生至四千九十六首者律歸仲呂而終也循環梭織讀者天氣左旋地氣右旋靜而復動動而復靜陰陽遞嬗互根也斷環對待讀者陰陽各自為用施其變化也分斷為四與八者日月弦望陰歷陽歷之分斷也凡諸理數寓於此圖讀法句讀之中非好傳篇章眩駭人目（輪順逆逆字為句六十四首之法為二千四百八十首）

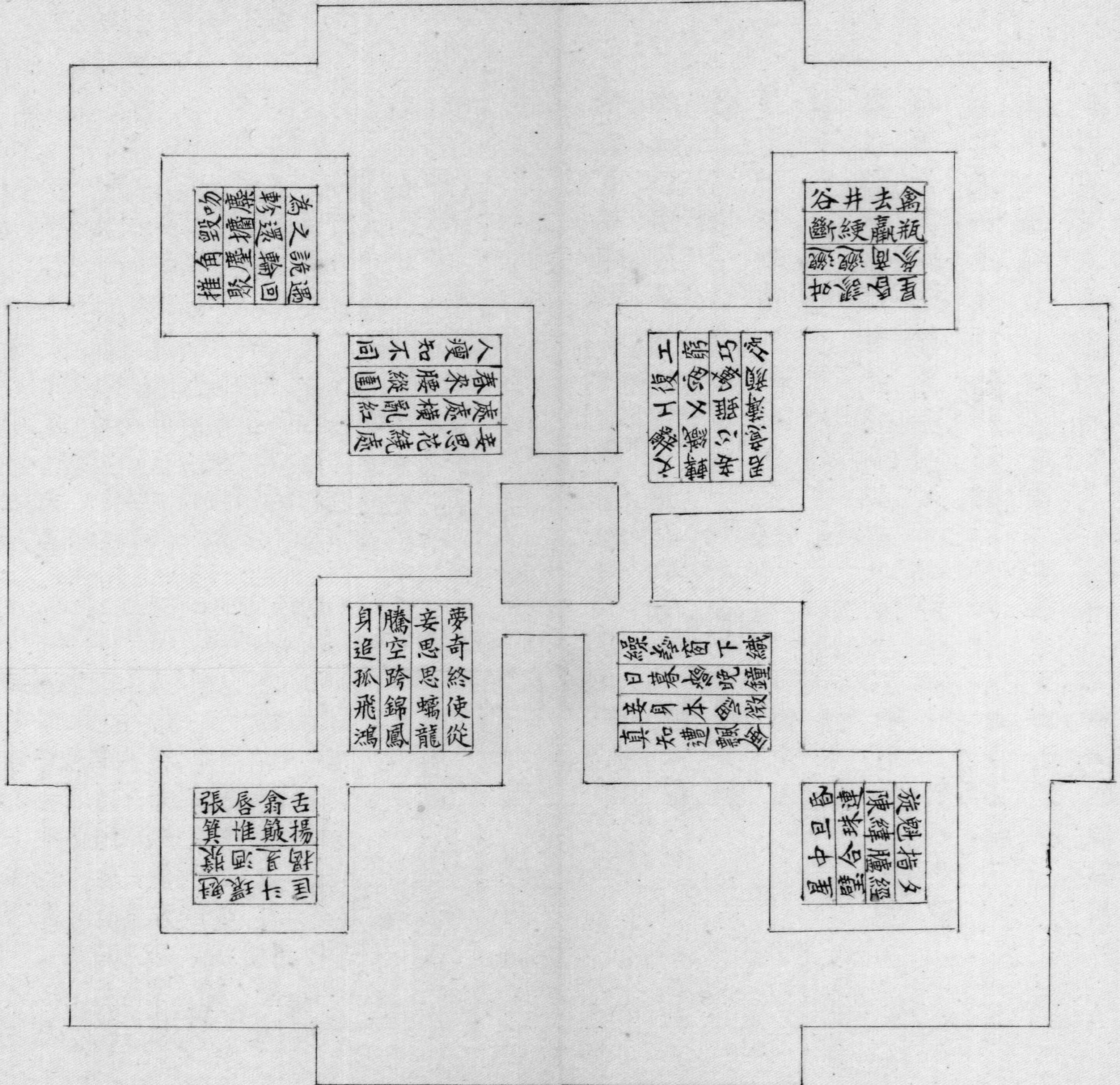
愛奇終使從
妾思思蟠龍
騰空跨錦鳳
身追孤飛鴻

四游錦文釋

谷井去禽瓶贏綆斷邈邈商參星昏謬舛 羅文經緯順讀

舛謬昏星參商邈邈斷綆贏瓶禽去井谷 羅文經緯逆讀

谷井去禽斷綆贏瓶邈邈商參舛謬昏星 左布算讀

星昏謬舛參商邈邈瓶贏綆斷禽去井谷 右布算讀

谷井去禽舛謬昏星邈邈商參斷綆贏瓶 越阡度陌順讀

星昏謬舛禽去井谷瓶贏綆斷參商邈邈 越阡度陌逆讀

谷井去禽邈邈商參舛謬昏星斷綆贏瓶 翻車讀

星昏謬舛瓶贏綆斷參商邈邈禽去井谷 翻車讀

參商邈邈禽去井谷星昏謬舛瓶贏綆斷 翻車讀

瓶贏綆斷星昏謬舛禽去井谷參商邈邈 翻車讀

禽去井谷斷綆贏瓶參商邈邈舛謬昏星 折帶讀

瓶贏綆斷谷井去禽星昏謬舛邈邈商參 折帶讀

邈邈商參星昏謬舛谷井去禽瓶贏綆斷 折帶讀

參商邈邈舛謬昏星禽去井谷斷綆贏瓶 折帶讀

瓶贏綆斷邈邈商參星昏謬舛谷井去禽 迴腸讀

斷綆贏瓶參商邈邈舛謬昏星禽去井谷 迴腸讀

谷井十六章章四句

鏖麋　媢君子以道也蘇氏以婦道自守而奪於陽臺之惑故君以詭遇事其君子而終知其不可輾轉商之不能自已而作此詩

讀法同前

鏖麋十六章章四句

箕　刺讒也蘇氏傷於陽臺之譖故以箕斗之簸揭比陽臺虛誕

之辭

讀法同前

箕十六章章四句

星中　旦暮之思也蘇氏昕夕懷憂感星月之遷邁亦日月居諸之意

讀法同前

星中十六章章四句

雜詩四首

繅絲牕下織日暮敲晚鐘妾身本細微真知遭飄風

右繅絲怨

夢奇終使從妾思思螭龍騰空跨錦鳳身追孤飛鴻

右春夢怨

妾思花繞處處處橫亂紅春來腰縱園人瘦知不同

右冶遊怨

文辭工復工轉折千思窮妾心雖萬巧君意薄顏紅

右薄命怨

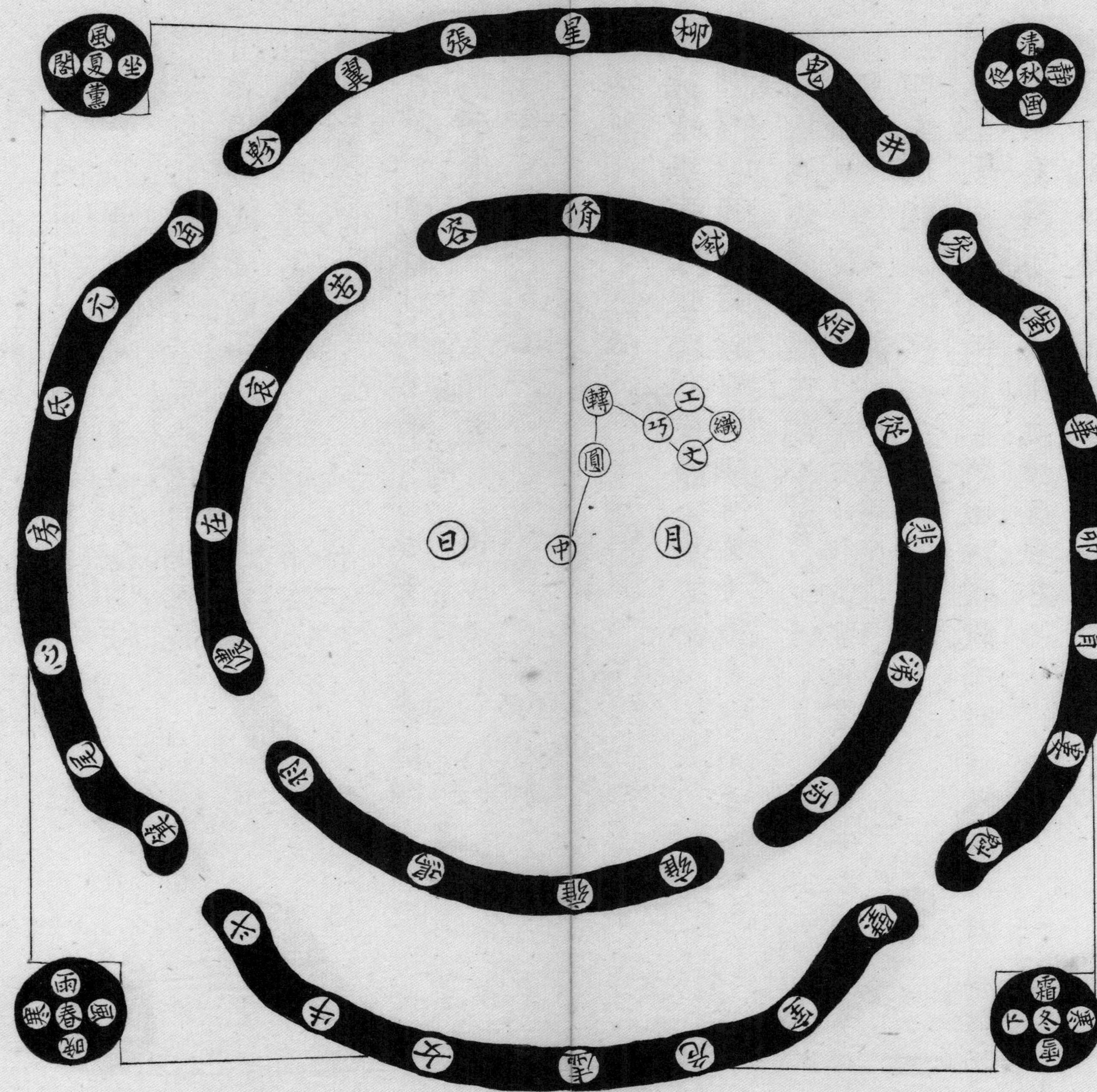

建辰錦文釋

羽鳴　初去連波也蘇氏脩飾婦容信無違德乃連波嶄然棄絕
挈陽臺而之任故感雁序之雍雍而自述其傷慕之思

羽鳴雍雍雨涕悲從炬滅脩容苦哀在儂
儂在哀苦容脩滅炬從悲涕雨雍雍鳴羽
雨涕悲從炬滅脩容苦哀在儂羽鳴雍雍
容脩滅炬從悲涕雨雍雍鳴羽儂在哀苦
炬滅脩容苦哀在儂羽鳴雍雍雨涕悲從
從悲涕雨雍雍鳴羽儂在哀苦容脩滅炬
苦哀在儂羽鳴雍雍雨涕悲從炬滅脩容
雍雍鳴羽儂在哀苦容脩滅炬從悲涕雨

羽鳴八章章四句

讀法

循環進退順逆讀八章章八句

循環進退順逆讀者如羽鳴雍雍雍雍鳴羽是也如是順逆讀之得八章

循環進退疊帶順逆讀八章

循環進退疊帶順逆讀者如羽鳴雍雍儂在哀苦苦哀在儂容脩滅炬是也如是順逆讀之得八章

四景閨詞

風晚寒春雨風寒晚雨春春寒風雨晚風雨晚寒春寒雨春風晚
晚風寒雨春寒春晚風雨寒晚雨風春

右賦得春寒風雨晚

讀法

穿心讀律絕八首

穿心讀者用春字叶韻也律一首絕句二首順逆卸環律成四首絕成四首

抽心讀律絶三十二首

抽心讀者用外四字叶韻也律四首絶八首順逆卸環律成十六首絶成十六首

蓮風清夏午蓮午夏風清風午蓮清夏蓮風午夏清風蓮清午夏
蓮夏午風清清夏蓮風午午蓮風夏清

右賦得蓮風午夏清 讀法同前

秋靜風清夜清風靜夜秋風清秋夜靜清靜夜風秋風夜秋清靜
靜風清夜秋秋風靜清夜風靜夜清秋

右賦得秋夜靜清風 讀法同前

冬寒霜雪下霜雪下寒冬冬下寒霜雪寒霜雪下冬冬霜寒雪下
寒下雪霜冬冬雪霜寒下雪寒霜下冬

右賦得霜雪下寒冬 讀法同前

圓轉文中工巧織轉圓工巧織文中文工巧織中圓轉文轉中圓
織巧工工巧圓中文轉織織文工巧轉圓中工圓織巧文中轉圓
巧文中織轉工

右織錦詩北斗星文體

讀法

弈棋讀律絶五十六首

奕棋每字叶韻平律仄律共七首絶之為絶句十四首律絶各用順逆卸環之法讀律成二十八首絶成二十八首

角亢氐房心尾箕斗牛女虛危室壁魁婁胃昴畢觜參井鬼柳星
張翼軫

右二十八宿歌

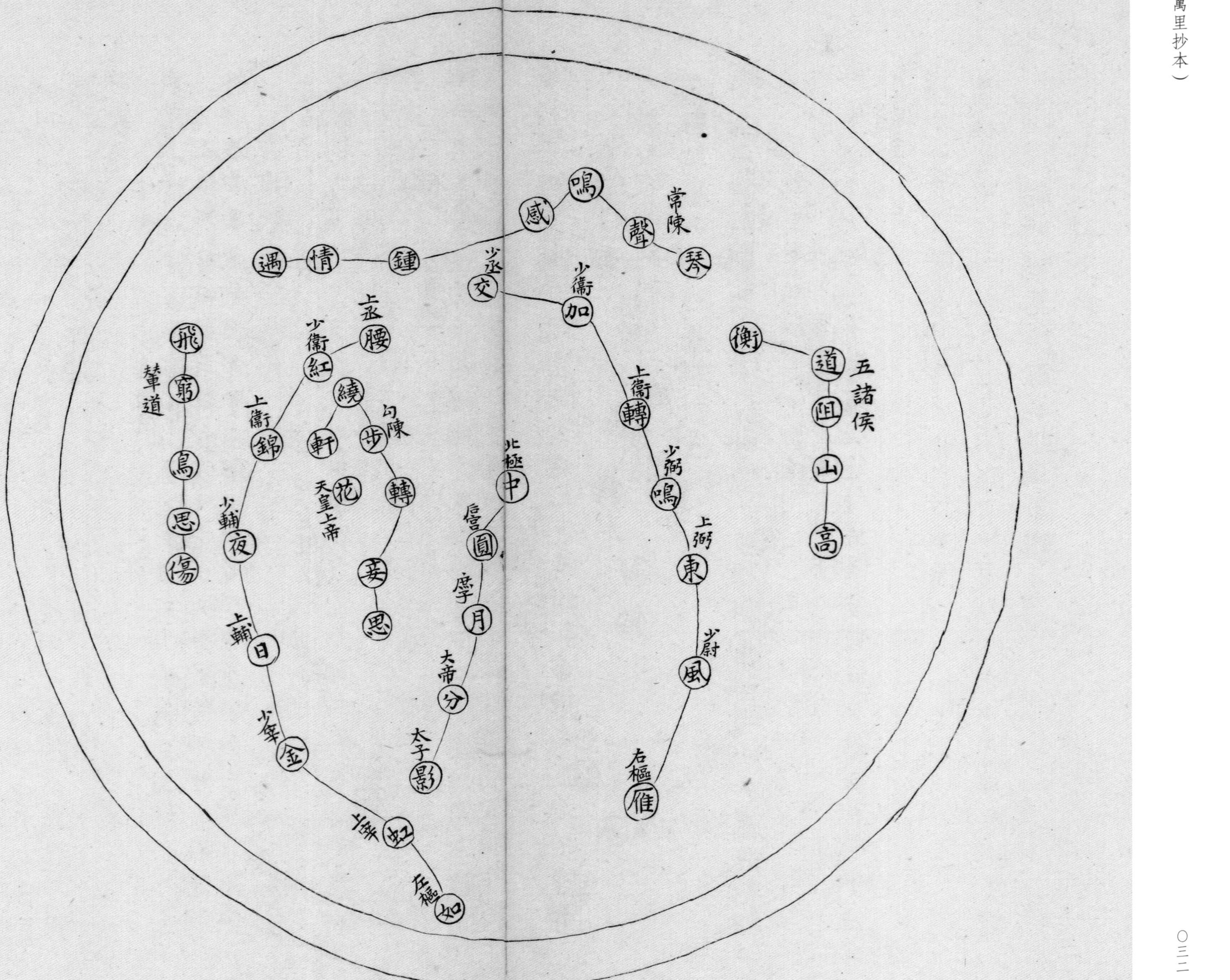
嗚
感
常陳
聲
琴
遇
情
鍾
交
少衛
加
衡
道
五諸侯
山
高
飛
窮
輦道
烏
思
傷
腰
少衛
紅
繞
上衛
錦
軒
勾陳
步
天皇上帝
花
轉
北極
中
少輔
夜
妾
思
上輔
日
金
虹
左樞
如
圓
月
大帝
分
太子
影
上衛
轉
鳴
東
風
右樞
催

紫薇錦文釋

詠破鏡重圓詩北極五星體

圓影分中月中分月影圓圓分月中影分影月中圓中月分圓影
影中分月圓圓分影中月分月影中圓

讀法

奕棋卸環讀律絕三十二首與建辰錦春寒詩同法

衡山高詩諸侯五星體

衡山高阻道高道阻衡山山道衡高阻衡高道阻山山高衡道阻
衡道阻高山山阻高衡道高衡道阻山

讀法

同前

窮鳥怨

窮思傷飛鳥思傷窮鳥飛窮飛傷鳥思傷鳥思窮飛

讀法

弈棋卸環讀十首每字叶韻

咏風雁右蕃七星體

鳴雁交加東轉風風鳴交轉雁加東東鳴風雁交加轉東轉交加
鳴雁風

讀法

弈棋讀七首每字為韻

錦纏腰詩右蕃八星體

金錦如虹紅夜日日腰紅錦夜如虹夜腰金錦紅如日腰錦如虹
日夜紅

讀法

奕棋卸環讀十四首每字爲韻

聽琴常陳七星體

琴遇鍾情鳴感聲琴聲鳴感遇鍾情鍾情琴遇鳴聲感聲遇鍾情
琴感鳴

讀法

弈棋讀七首

花軒閒步

步轉花軒思繞妾繞軒轉步妾花思花軒繞步妾思轉妾繞花軒
步轉思

讀法

奕棋卸環讀十四首

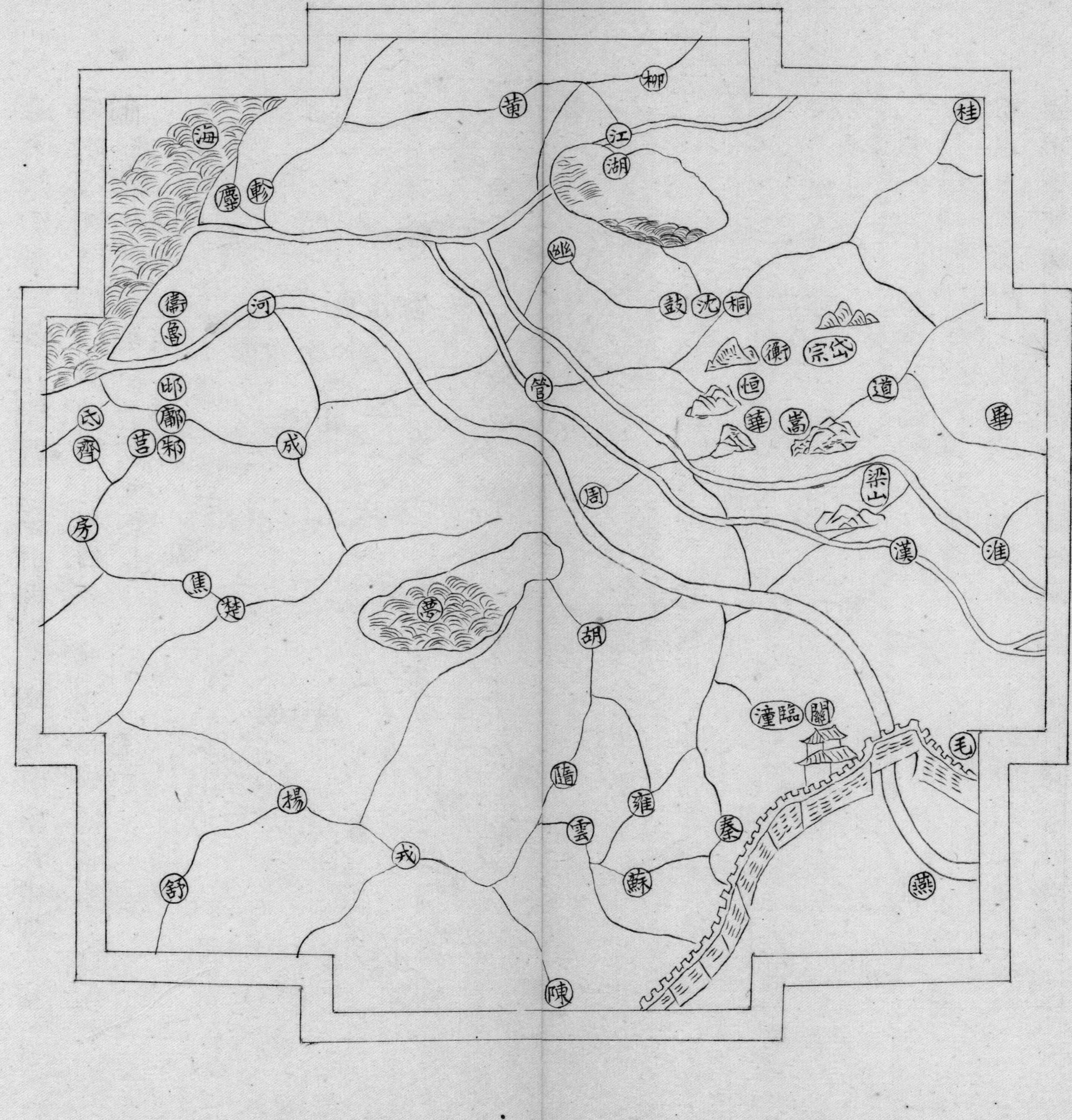
黄
柳
海
江
湖
桂
軫
麋
幽
衛
魯
河
鼓
沈
桐
衡
宗
岱
邶
鄘
邾
莒
氏
齊
管
恒
華
嵩
道
畢
成
周
梁山
房
漢
淮
焦
楚
夢
胡
潼臨關
毛
揚
臨
雍
雲
秦
戎
蘇
燕
舒
陳

山河錦文釋

關山歌　蘇氏感連波之隔作關山之歌以寄志

周陳齊楚幽燕雍　魯衛毛畢衡華嵩　軫麋邾莒成邛鄘　江

黄焦氏沈鼓桐　蘇胡隨揚荆舒戎　管房桂柳恒岱宗　梁山

關道秦臨潼　海淮河漢湖雲楚

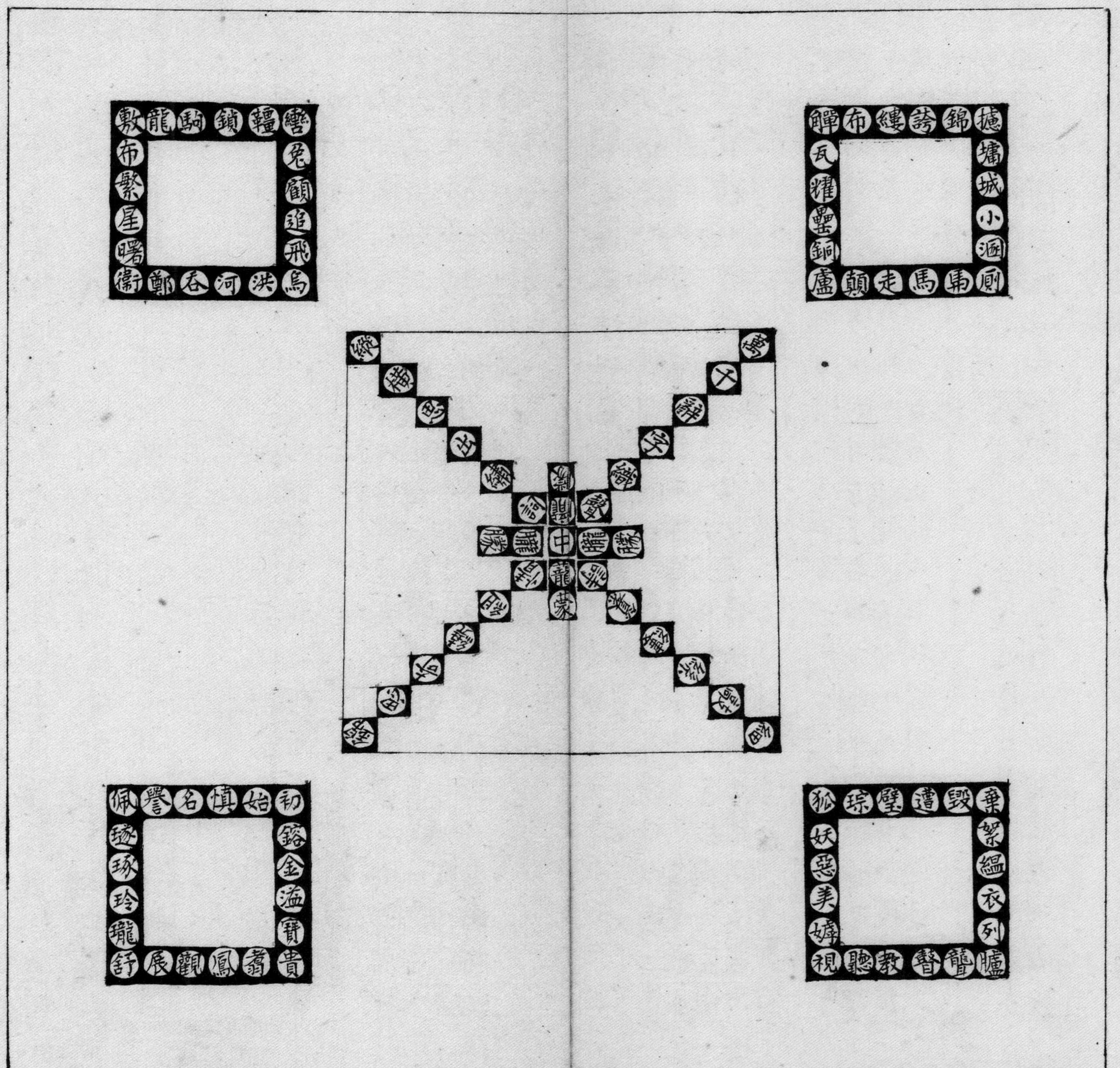
敷龍騎鎖韁轡
兔顧追飛
衛鄭吞河洪烏
布繁星曙
轆布縷誇錦攄
墉城小涵
廬顛走馬駉廁
瓦糴壘銅
佩譽名慎始初
鎔金溢寶
舒展觀鳳翥貴
璲琢玲瓏
狐琮璧遭毀棄
絜縕衣列
視聽教訾聾臚
妖惡美嫮

四維錦文釋

四隅相維繫而讀如坤之四維故曰四維錦

言志

銅壘耀瓦解布縷誇錦攄墉城小溷廁夆馬走顛盧琮壁遭毀棄
絮緼衣列臚聾瞽教聽視嫭美惡妖狐鎔金溢寶貴鶱鳳覲展舒
瓏玲琢璲珮譽名慎始初洪河吞鄭衛曙星繁布敷龍駒鎖韁攣
兔顧追飛鳥 順讀退句用解字韻逆讀一首退句用兔字韻

讀法

衘環順逆讀三十二篇 內又有上下句分手交手順逆之法如銅壘攄錦誇縷布布縷誇錦攄解瓦耀壘銅二法又讀成六十四首

衘環順讀者四環連轉如銅壘至飛鳥為一篇布縷至瓦解為一篇墉城至錦攄為一篇夆馬至溷廁為一篇如是遞次衘環至兔顧一篇為順讀十六篇衘環逆讀者如飛鳥至壘銅為一篇攣韁至顧兔為一篇敷布至駒龍為一篇衛鄭至星曙為一篇如是遞次御環至瓦解為逆讀十六篇

每方順逆讀三十二首 內又有上下句分手交手順逆之法又讀成六十四首

每方讀者四隅各自成首就一環中順逆退讀四句為一首也一環得八首四環得三十二首

兩方對待順逆退句讀九十六首 內又有上下句分手交手順逆之法又讀成一百七十二首

雙環對待讀者兩環相對八句為一首也如左上右下兩環連對讀順逆退句十六首左下右上兩環連對讀順逆退句十六首左兩環自相連對讀順逆退句十六首右兩環自相連對讀順逆退句十六首上兩環自相連對讀順逆退句十六首下兩環自相連對讀順逆退句十六首

三方句帶順逆退句讀九十六首 內又有上下句分手交手順逆之法又讀成一百七十二首

三方句帶順逆讀者三環相連十二句為一首每三環順逆為二十四首轉相互帶為三環者四共九十六首

蒙龍長謠

錦思奇繞組情中曚曨細敲絲縷篹詩中蒙蘢萬千辭字織聲中

朦朧縱横思出繡詞中曚曨

讀法

滚輪順逆讀四十八首

滚輪順逆讀八首用蒙龍之字裝於句首又為八首四蒙龍換借又為八首讀蒙龍為龍蒙如上法讀之又為二十四首

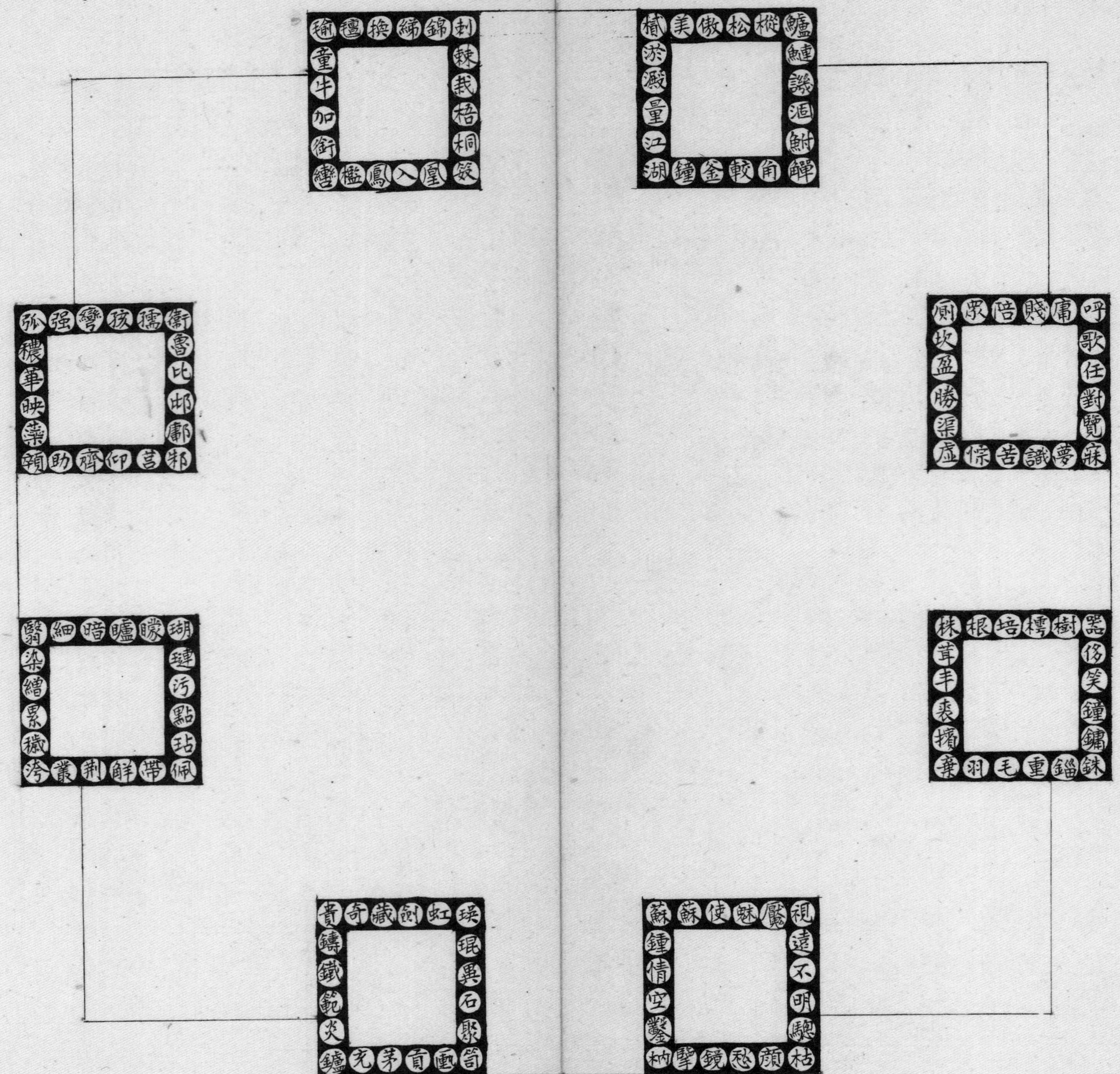
褕襢揄絺錦刺
棘栽梧桐簽
彎檻鳳入凰
童牛加銜
樻美傚松樅鱸
鰱畿迴鮒鱓
湖鐘釜較角
淤澱量江
弥强彎孩孺衛
魯比邯鄲邾
頳助齊仰莒
穠華映藻
厠冢陪賤庸呼
歌任對覽麻
虛悰苦譏要
坎盈勝渠
翳細暗矑矇瑚
璉汚點玷佩
洿叢荊鮮帶
染繒累穢
株根培樗樹器
侈笑鐘鏞銖
棄羽毛重錙
葦丰裘擠
貴奇藏劍虹琁
琨異石聚筲
鑪光茅首匣
鑄鐵範炎
蘇蘇使魅魘視
達不明驗枯
枘擊鏡愁顏
鍾情空鑿

八索坤形錦文釋 八方相連索而讀如坤之八索故曰八索坤形錦

言志 序見三花方勝錦文釋

鐘釜較角觶鮒涸譏鰱鱸樅松傲羨檝淤澱量江湖桐梧栽棘刺
錦綈換璮瑜童牛加銜曫檻鳳入凰筏鄘邶比魯衛孺孩彎強弧
穠華映蘂頳助齊仰莒邾矇矑暗細翳染繒累纖洿叢荊解帶佩
玷點污璉瑚虹劍藏奇貴鑄鐵範炎鑪充茅貢匭笥聚石異琨瑛
鍾情空鑿枘擘鏡愁顏枯聰明不遠視魘魅使蘇蘇葺丰裘擯棄
羽毛重錙銖鏞鐘笑侈器樹樗培根株悰苦識夢寐覽對任歌呼
庸賤陪衆廁坎盈勝渠虛 順讀退句用觶字韻
又逆讀一首退句用坎字樹字換韻

讀法

銜環順逆退句讀六十四篇 內又有上下句分手交手順逆之法又讀成一百二十六首

銜環順退句讀者八環連轉如鐘釜至渠虛為一篇鮒涸至
角觶為一篇樅松至鰱鱸為一篇淤澱至羨檝為一篇如是
遞次銜環至坎盈為順讀三十二篇銜環逆退句讀者如虛
渠至釜鐘為一篇厠衆至盈坎為一篇呼歌至賤庸為一篇
寐夢至對覽為一篇如是遞次銜環至觶角為逆讀三十二
篇

每環順逆退句讀六十四首 內又有上下句分手交手順逆之法又讀成一百二十八首

每環退句順逆讀者就一環中順逆退讀四句為一首也一
環得八首八環得六十四首

兩環對待順逆退句讀三百八十四首 內又有上下句分手交手順逆之法又讀成七百六十八首

兩環對待順逆退句讀者兩環相對八句為一首也如東兩
環相對順逆退句十六首西兩環相對順逆退句十六首南
兩環相對順逆退句十六首北兩環相對順逆退句十六首
東南兩環對待順逆退句十六首南西兩環對待順逆退句
十六首西北兩環對待順逆退句十六首東北兩環對待順
逆退句十六首左上一環與右下一環對待順逆退句十六
首右上一環與左下一環對待順逆退句十六首上左一環
與下右一環對待順逆退句十六首下左一環與上右一環
對待順逆退句十六首左上一環與下右一環對待順逆退
句十六首左下一環與下右一環對待順逆退句十六首下

左一環與右下一環對待順逆退句十六首下右一環與右
上一環對待順逆退句十六首右下一環與上右一環對待
順逆退句十六首右上一環與上左一環對待順逆退句十
六首上右一環與左上一環對待順逆退句十六首上左一
環與左下一環對待順逆退句十六首左上右上兩環對待
順逆退句十六首左下右下兩環對待順逆退句十六首上
左下左兩環對待順逆退句十六首上
右下右兩環對待順逆退句十六首

四環對待順逆退句讀二百五十六首
內又有上下句分手
交手順逆之法又讀
成五百十二首

四環對待順逆退句讀者兩雙相對十六句為一首也上下
四環對待順逆退句三十二首左右四環對待順逆退句三
十二首東南西北四環對待順逆退句三十二首西南東北
四環對待順逆退句三十二首共一百二十八首如是再用
四環參差對待退句之
法又得一百二十八首

六環對待順逆退句讀三百八十四首
內又有上下句分手
交手順逆之法又讀
成七百六十八首

六環對待順逆讀者三三相對二十四句為一首也對待順
逆退句為四十八首八位遮轉為三三相待之法順逆退句
共三百八十四首
其參差之法不計

八環對待順逆退句讀六百四十首
內又有上下句分手交
手順逆之法又讀成一
千二百八十首

八環對待順逆讀者四四相對三十二句為一首與衡環順
逆法異也順逆退句為六十四首八位遮轉為四四相對之
法順逆退句共五百十二首又
四四參差印對一百二十八首

五環句帶順逆退句讀三百二十首
內又有上下句分手交
手順逆之法又讀成六
百四十首

五環句帶順逆退句讀者二十句為一首也順逆退句四十
首八位遮轉為五環句帶順逆退句之法共三百二十首

六環句帶順逆退句讀三百八十四首
內又有上下句分手
交手順逆之法又讀
成七百六十八首

六環句帶順逆退句讀者二十四句為一首也順逆退句四
十八首八位遮轉為六環句帶順逆退句之法共三百八十
四
首

又環句帶順逆退句讀四百四十八首內又有上下句分手交手順逆之法又讀成八百九十六首

又環句帶順逆退句讀者二十八句為一首也順逆退句為五十六首八位遞轉為又環句帶順逆退句之法共四百四十八首

右八索坤形一圖與太極乾形相為表裏名曰索者索數至盡極萬物之滋生也太極以三十二字為八卦再重之數成順逆六十四首如乾坤之變八索則以三十二字為八卦再重之數成順逆六十四首乾坤之變太極以一字而變物物一乾也八索以五字成句而變物物一五行也太極動靜互根生萬物之數八索靜中有動成萬物之象錯綜參伍方圖之理盡寄諸圖句讀中矣

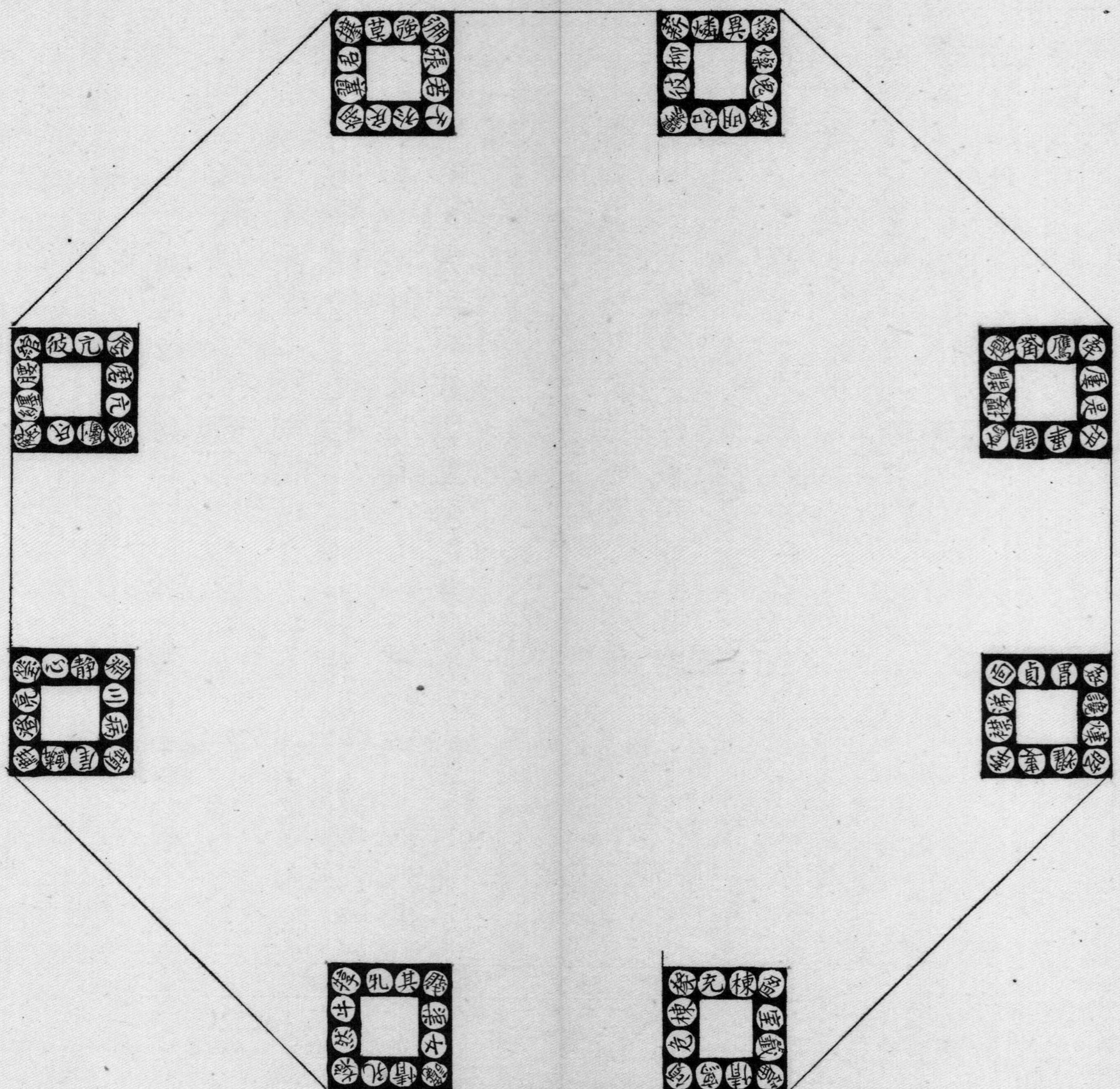

八寅錦文釋

鬼燐　妾倖之逼正嫡也蘇氏謂陽臺以貳室任寵如燐之燄而終不足以比正室薪燎之爍故以為喻而作此詩

爍爍鬼燐燐明如爨爨彼柳薪薪燐異爍 銜尾讀

薪燐異爍爍爍鬼燐燐明如爨爨彼柳薪

爨彼柳薪薪燐異爍爍爍鬼燐燐明如爨

燐明如爨爨彼柳薪薪燐異爍爍爍鬼燐

鬼燐四章章四句

搴　情絕而思留之也連波以纖怨絕情蘇氏終不忍以愛好之絕故以搴弸為喻亦鄭詩摻手之意角弓翩反之遺音也

搴君翼翃翃戾於天天若張弸弸強莫搴

搴四章章四句 讀法如前

綰　嫉讒也蘇氏惡陽臺之讒欲斷亢而磨其唇亦甚於豺虎之投矣

綰彼亢唇唇磨亢斷斷劚氏臀臀纏腰綰

綰四章章四句 讀法同前

赬鱗　怨讒而情病也蘇氏被譖益脩柳莊姜之秉心塞淵者歟

鮮鱗尾赬赬病川淵淵靜心瑩瑩亮澄鮮

赬鱗四章章四句 讀法同前

牛犉　詈讒也蘇氏以陽臺微賤之寵故以牝牛為比而深惡其能讒也

煥然牛犉犉牝其賤賤渠女讒讒情孔煥

牛犉四章章四句讀法同前

篇鐵　譖言之多也蘇氏以陽臺緝緝之譖亦若篇鐵盈室之多

家壞不支託情篇而寄怨也

篇籤室盈盈棟充椽椽棟危傾傾寫情篇

篇籤四章章四句　讀法同前

婁牽　讒佞之容也蘇氏謂譖怨之人眩耀其美婁牽其情託涕泗以將膚受之愬故其腹胃之姦可燭而知也

眩耀婁牽牽襟涕面面貞胃姦姦讒熯眩

婁牽四章章四句　讀法同前

牽鷹　用讒也鷹隼之搏有牽之者以教其虐故鳶鵲彈而抨弓不弛亦責怨連波之意

牽鷹蛩攖攖鵲攖鳶鳶鵲畢抨抨是屢牽

牽鷹四章章四句　讀法同前

讀法

衘尾滚輪讀三十二篇

衘尾滚輪讀者統八方為一篇篇名同前用四章三十二句為一篇也如是滚輪為四八三十二篇

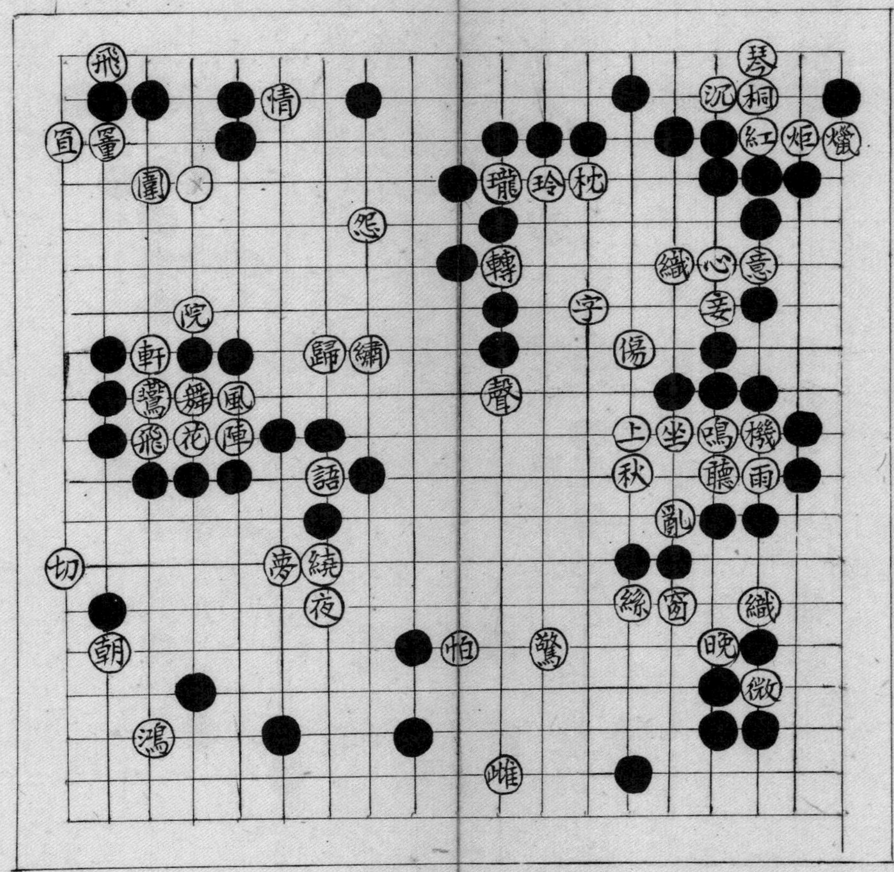

圍枰錦文釋第一局

秋思

紅絲亂轉怕鳴機晚坐秋軒繞繡闈風燕語窗花織織雨鴻驚陣字飛飛鞷㝈怨意朝雌舞炬爔傷心夜夢歸桐院沈聲琴聽切瓏玲枕上妾情微順讀

又逆讀一首

讀法

弈棋讀二首

右圍枰一局無文者得勢

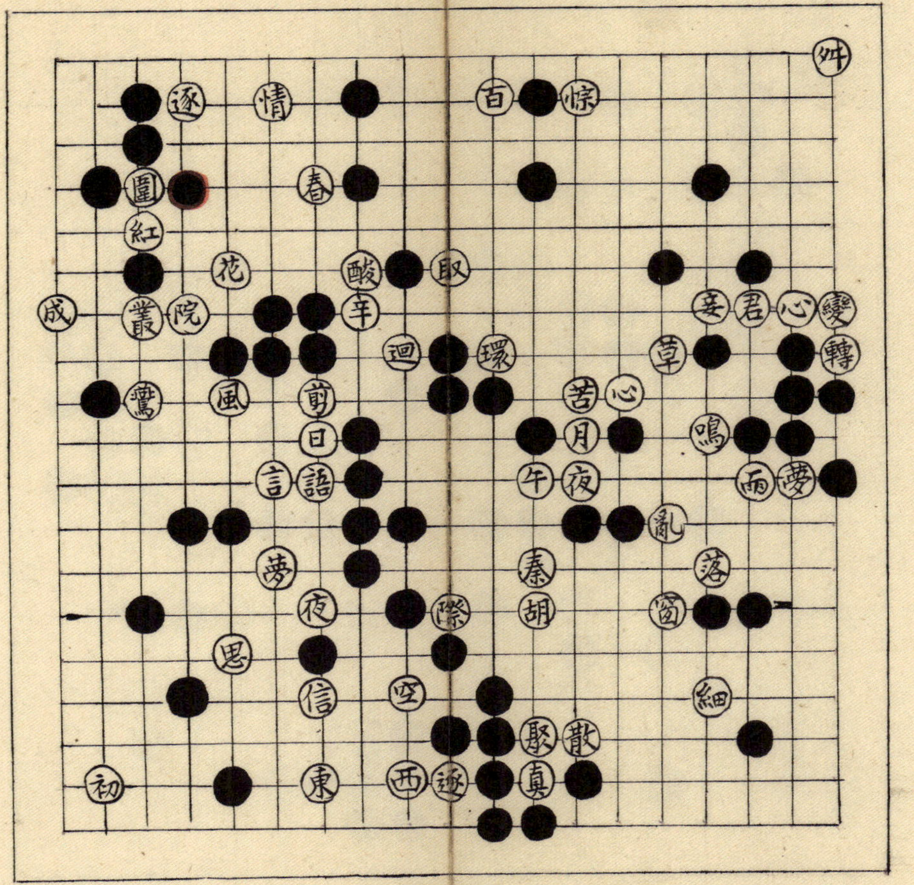
外
逐 情 百 悰
圍 春
紅
花 酸 取
成 叢 院 辛 妾 君 心 變
迴 環 草 轉
鸞 風 前 苦 心
日 月 鳴
言 語 午 夜 兩 夢
亂
夢 秦 落
夜 際 胡 窗
思
信 空 細
聚 散
初 東 西 逐 真

圍枰錦文釋第二局

春情

秦胡日舛夢成空逐逐情圍細草叢春院落紅花聚散午窗鳴雨鶯西東君思夜夜迴環月妾苦心心亂剪風真際語言初信取辛酸變轉百憂悰順讀

又逆讀一首

讀法

弈棋讀二首

右圍枰一局有文者得勢

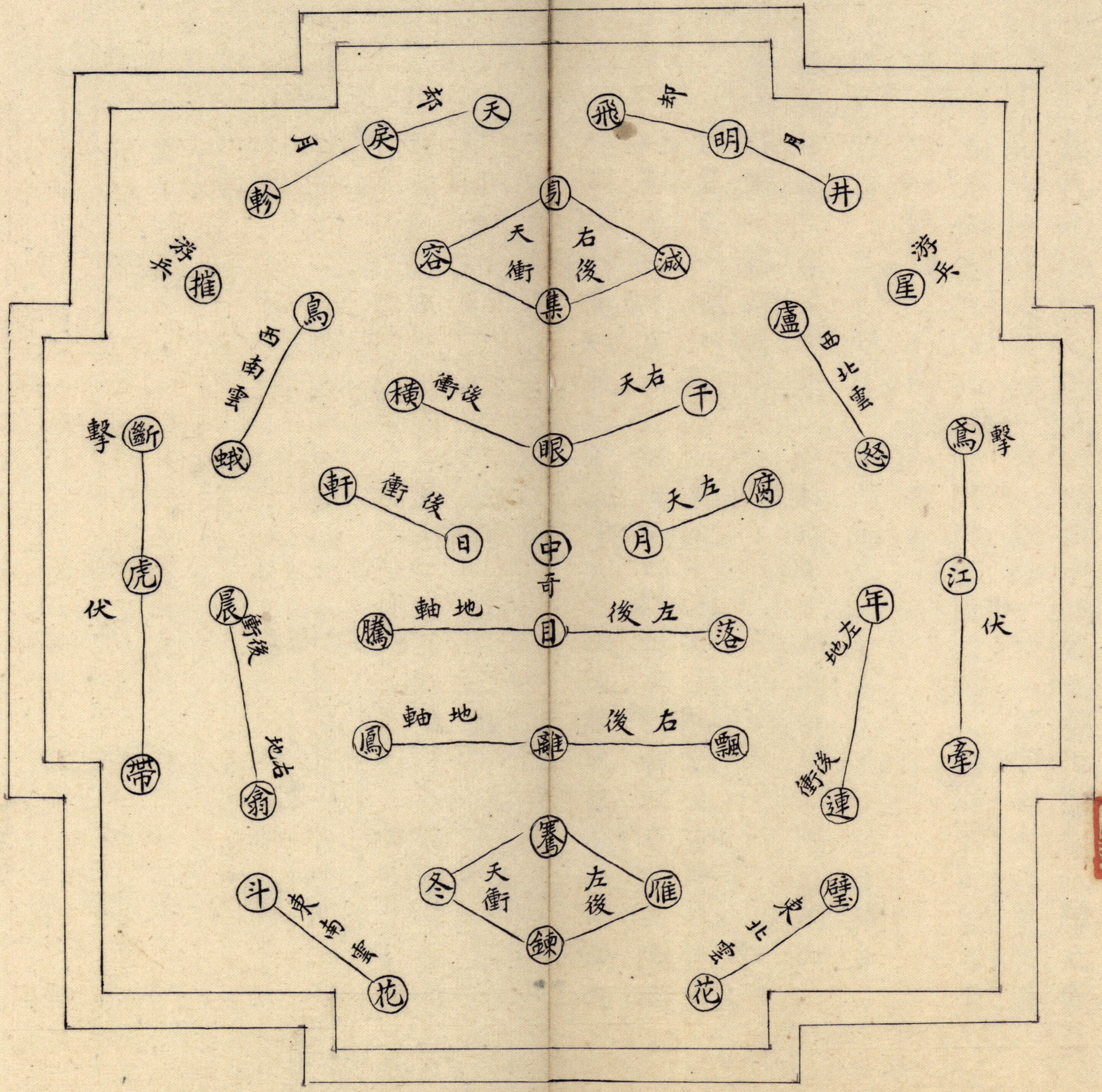

天 戾 軫
飛 明 井
身 容 集 滅
天衝 右後
游兵 摧
游兵 星
烏 蛾 西南雲
盧 怒 西北雲
斷 虎 帶
擊 伏
鳶 江 牽
擊 伏
横 眼 干
衝後 天右
軒 日
衝後
腐 月
天左
中
奇
騰 目 落
軸地 後左
晨 翁
年 連
地左 衝後
鳳 離 飄
軸地 後右
鶱 冬 鍊 雁
天衝 左後
斗 花 東南雲
壁 花 東北雲

龍飛八陣錦文釋

龍飛八陣歌　竇滔文武之才秦王委以將軍之任留鎮襄陽蘇氏明師律之否臧乃揣握奇正變之勢作龍飛八陣之歌獻諸帷幄文盈四十有六藏於一千二百字之中位置整嚴不差銖黍步伍之明井然若畫尋文讀之而奇正之象可考而知賢女之才可矜而尚矣

日月牽帶　星斗壁連　江雁斷落　鷙鳥戾天　怒虎騰身

離鳳中騫　花花腐落　井軫横千　蛾飛翕集　眼目明軒

盧戎摧滅　容鍊晨年

右龍飛一圖乃握奇八陣之一有雲無風後之分變也天衝地軸碁布中宮以左後天衝四隊列前為首以右後天衝四隊列後為尾以東南東北雲列左後天衝為兩翼以西南西北雲列右後天衝為兩翼以左右地後衝為中宮之衛游兵擊伏蜿蜿蝹蝹此全奇之第五變也歌十二句贊此圖正變之形歌四十八字盡此圖體用之法若欲覽全奇之動靜考方圓曲直之勢則尋是圖八花字之位衡軸在中門户如井古今營陣之法無不具於斯也

大交龍錦文釋

爔炬吟

紅淚流殘爔炬紅桐琴掛網蛛絲蟲蛩鳴悽惻感幽衷蹤滅聲淪
沉鼓鐘悰憂百集交脅胸丰顏端飭整儀容鍾情孤逐西飛蓬 順讀

飛蓬吟 逆讀

罝罿吟

終始乖離情苦同罿罝縶羽看飛翀窮禽羈鳥困幽叢中哀慘如
突擊攻葑菲擷取棄厮傭恫思焦傷悲切儂櫳簾朝映日曈曨 順讀

曈曨吟 逆讀

驄馬吟

驄馬征邊傳羽鴻鴻飛絕徼出從戎冬春交氣天和融鐘鳴樂歌
鶯花叢東分西逐雌隨雄同飛棲宿鳴雍雍饔飧徹廢心情慵 順讀

饔飧吟 逆讀

秦關吟

通使秦關犯雨風潼臨關繞交流衝從巃高險絕騾驂空涕交飄
哀思窮忡思憂擾心惛懮重山梁阻隔君從嵩華恒嶽衡岱宗 順讀

梁山吟 逆讀

轆轤行 統前八篇之文另題曰轆轤行

紅淚流殘爔炬紅桐琴掛網蛛絲蟲蛩鳴悽惻感幽衷蹤滅聲淪
沉鼓鐘悰憂百集交脅胸丰顏端飭整儀容鍾情孤逐西飛蓬終
始乖離情苦同罿罝縶羽看飛翀窮禽羈鳥困幽叢中哀慘如突
擊攻葑菲擷取棄厮傭恫思憂傷悲切儂櫳簾朝映日曈曨驄馬
征邊傳羽鴻鴻飛絕徼出從戎冬春交氣天和融鐘鳴樂歌鶯花
叢東分西逐雌隨雄同棲飛宿鳴雍雍饔飧徹廢心情慵通使秦

關犯雨風潼臨關繞交流衝從龍高險絕騾騄空涕交飄哀思窮
忡思憂攖心惛悽重山關阻隔君從嵩華恒嶽衡岱宗

又逆讀一首

讀法

緜連斷續順逆讀五十六篇

緜連斷續讀者四龍頭尾交接緜連而讀毎卸一句順逆成五十六篇

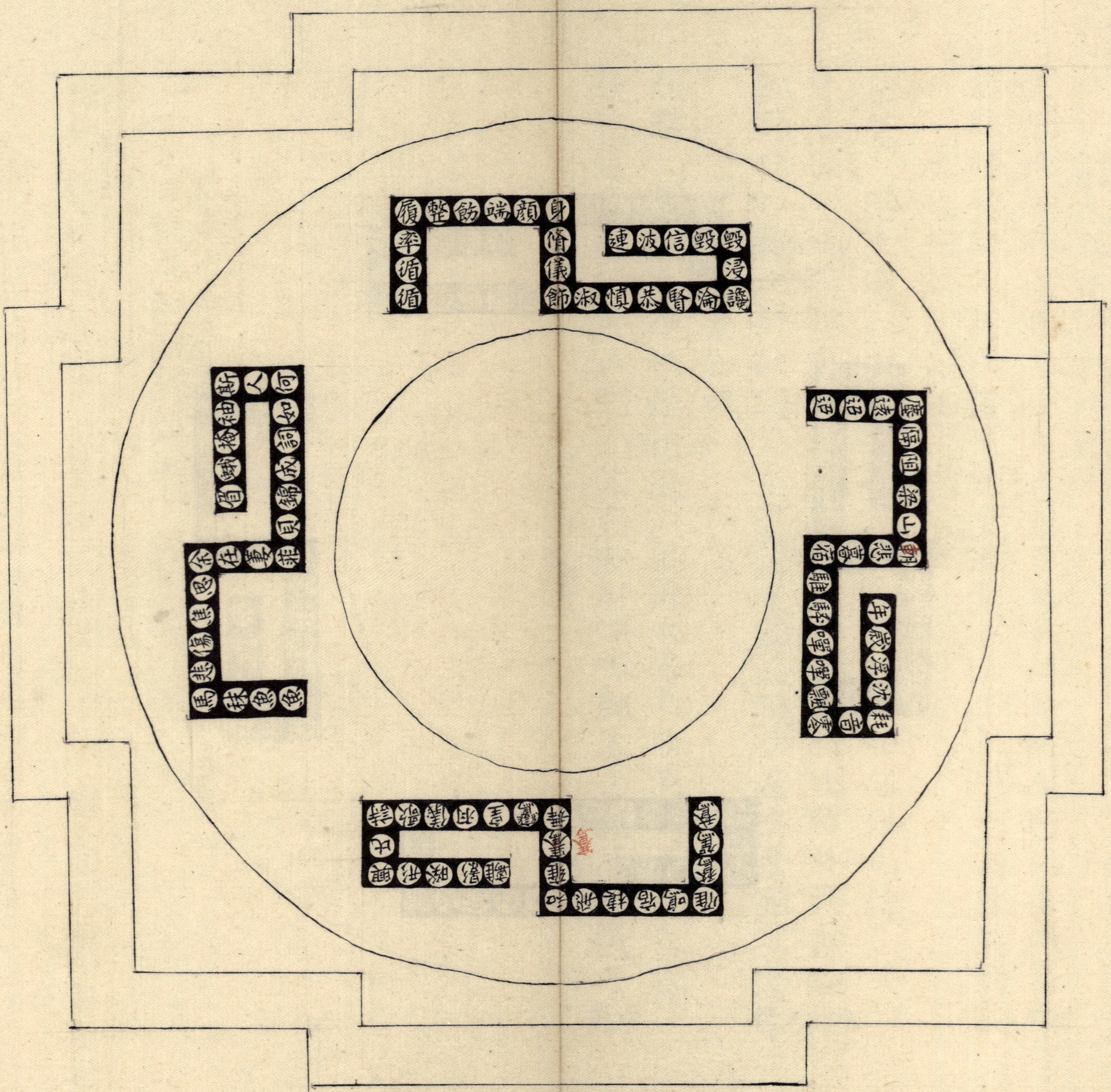
身顏端飭整履
率循循
脩儀飾淑慎恭賢淪讒
浸毀信波連

小交龍錦文釋

魚魚　遇讒而不能合也蘇氏傷於讒而不獲從行故秣馬而悲詩之怨而不怒者歟

魚魚秣馬悲傷焦思余在萋菲貝錦成詞如何人斯袖掩蛾眉讀順

眉蛾掩袖斯人何如詞成錦貝菲萋在余思焦傷悲馬秣魚魚讀逆

魚魚二章章六句

鸞駕　傷失儷也蘇氏思念良人感水鳥之匹而作此詩

鸞駕雁鶩鳴宿棲飛和雍騫舞鸞皇羽儀歌詩比興形睽影離讀順

離影睽形興比詩歌儀羽皇鸞舞騫雍和飛棲宿鳴鶩雁駕鸞讀逆

鸞駕二章章六句

騅騂　思遠也連波遠遠隔山梁蘇氏思之亦我馬元黃之意

迢迢遠塵隔阻梁山朝悲暮宿騅騂嘽嘽飄零音耗沉浮歲年讀順

年歲浮沈耗音零飄嘽嘽騂騅宿暮悲朝山梁阻隔塵遠迢迢讀逆

騅騂二章章六句

循循　能自脩也蘇氏淑慎恭賢而不免於讒故作此詩

循循率履整飭端顏身脩儀飾淑慎恭賢淪讒浸毀毀信波連讀順

連波信毀毀浸讒淪賢恭慎淑飾儀脩身顏端飭整履率循循讀逆

循循二章章六句

讀法

緣連順逆讀八篇

緣連順逆讀者統四龍為一篇篇名同前四章二十四句為一篇也如是順逆凡八篇

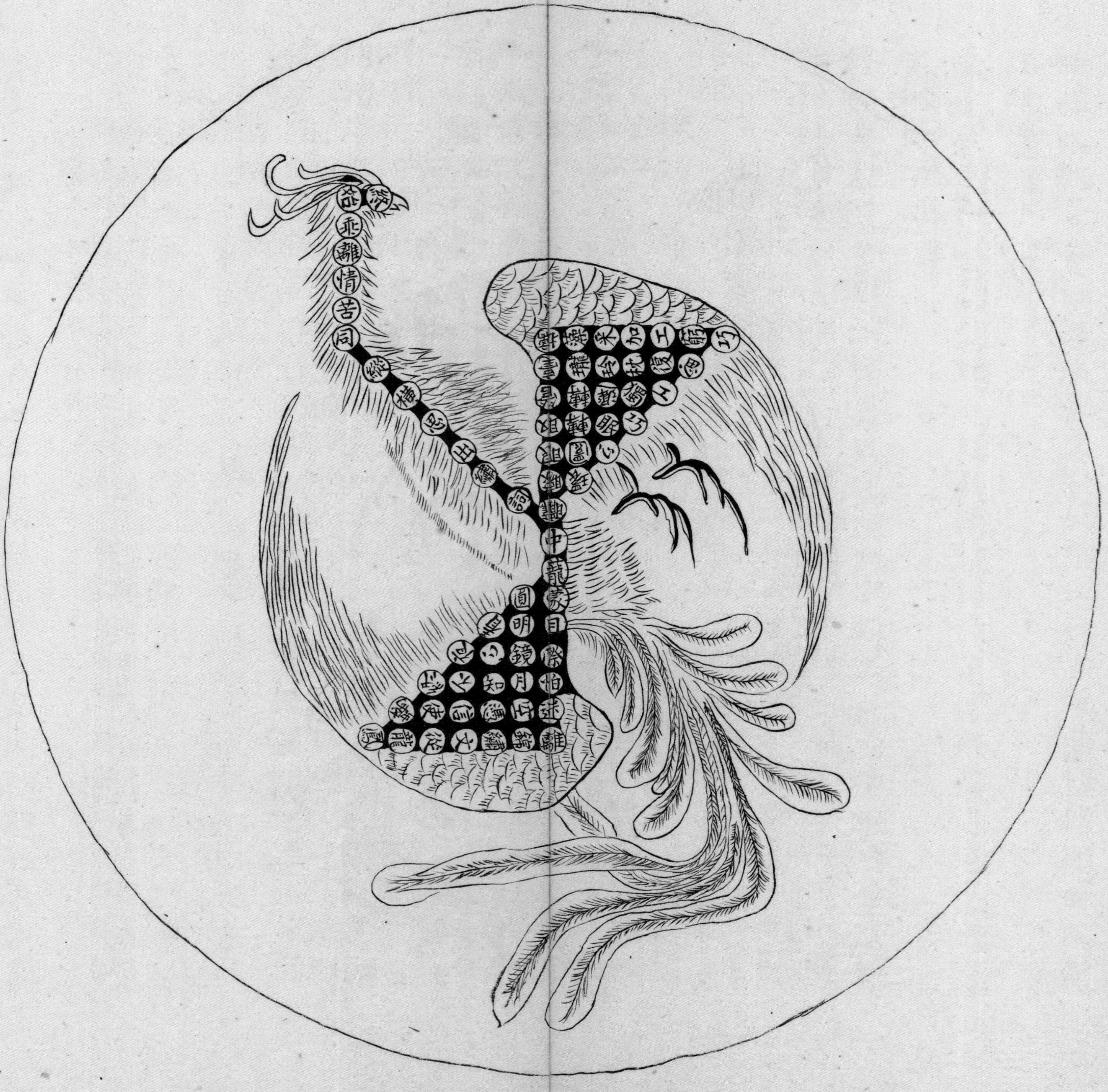

鳴鸞錦文釋

絶句

矓矇眼取管毫摛藻采加工窮巧思工巧心環圜轉轉瓏玲枕復
獨眠遲 迴腸讀

蘢蒙目滿怕迷離錦繡文從龍鳳螭終夜看圓明鏡月空憑信使
不心知 迴腸讀

終始乖離情苦同縱橫思出繡詞中中詞繡出思橫縱同苦情離
乖始終 往來讀

翔鸞錦文釋

絕句

曨曚日轉陣花飛股剪拋風舞燕歸慵步小軒尋晚院叢花繞處
亂紅圍

朧朦月上坐鳴機午夜秋砧聽雨飛紅亂霜天寒雁落東窗下織
晚鐘微

騘馬征邊傳羽鴻錦思奇繞組情中中情組繞奇思錦鴻羽傳邊
征馬騘

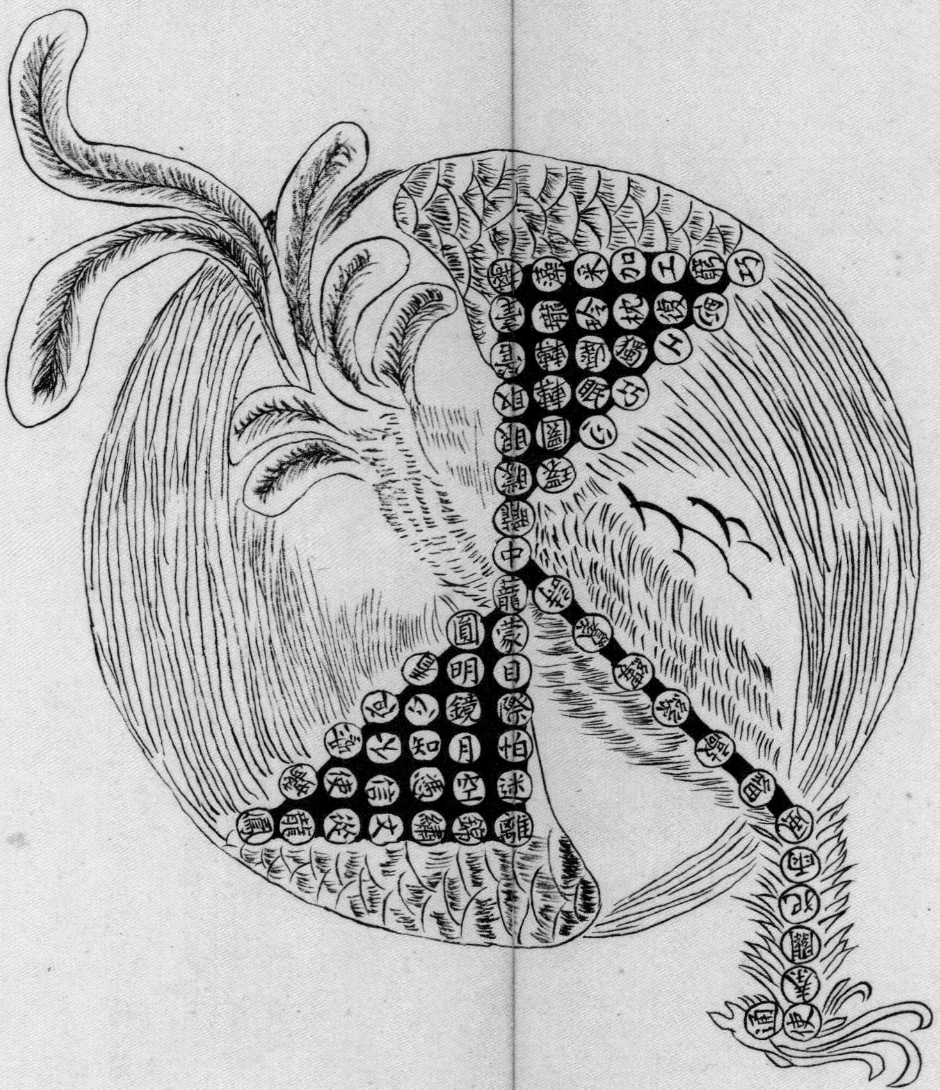

迴鸞錦文釋

絶句

邅眠獨復枕玲瓏轉轉圜環心巧工思巧窮工加藻采摛毫管取眠矇朧

知心不使信憑空月鏡明圓看夜終螭鳳龍從文繡錦離迷怕際目蒙龍

通使秦關犯雨風細敲絲縷纂詩中中詩纂縷絲敲細風雨犯關秦使通

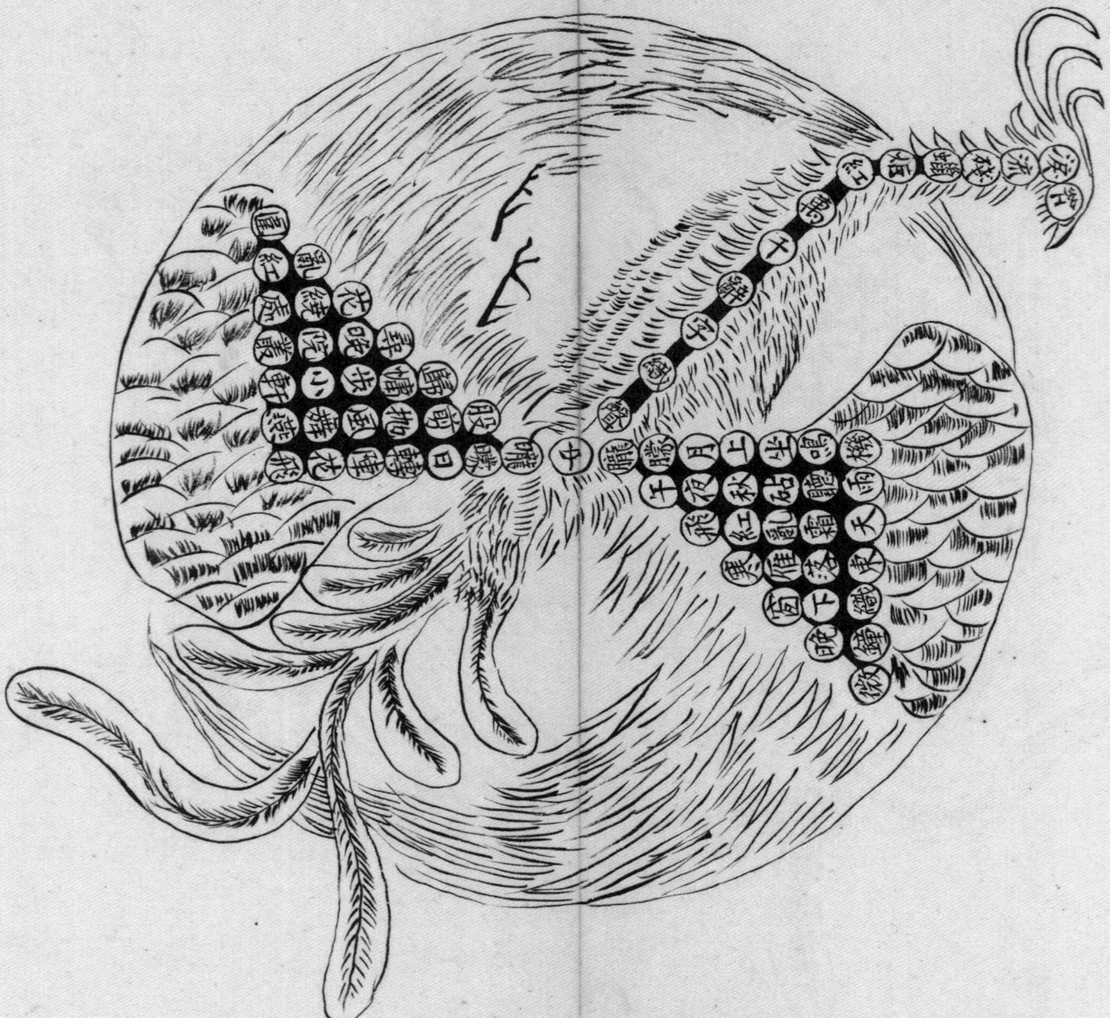

舞鸞錦文釋

絶句

徹鐘晚織下窗東落雁寒天霜亂紅飛雨聽砧秋夜午機鳴坐上月朦朧

圍紅亂處繞花叢院晚尋軒小步慵歸燕舞風拋剪股飛花陣轉目曚曨

紅淚流殘孅炬紅萬千辭字織聲中中聲織字辭千萬紅炬孅殘流淚紅

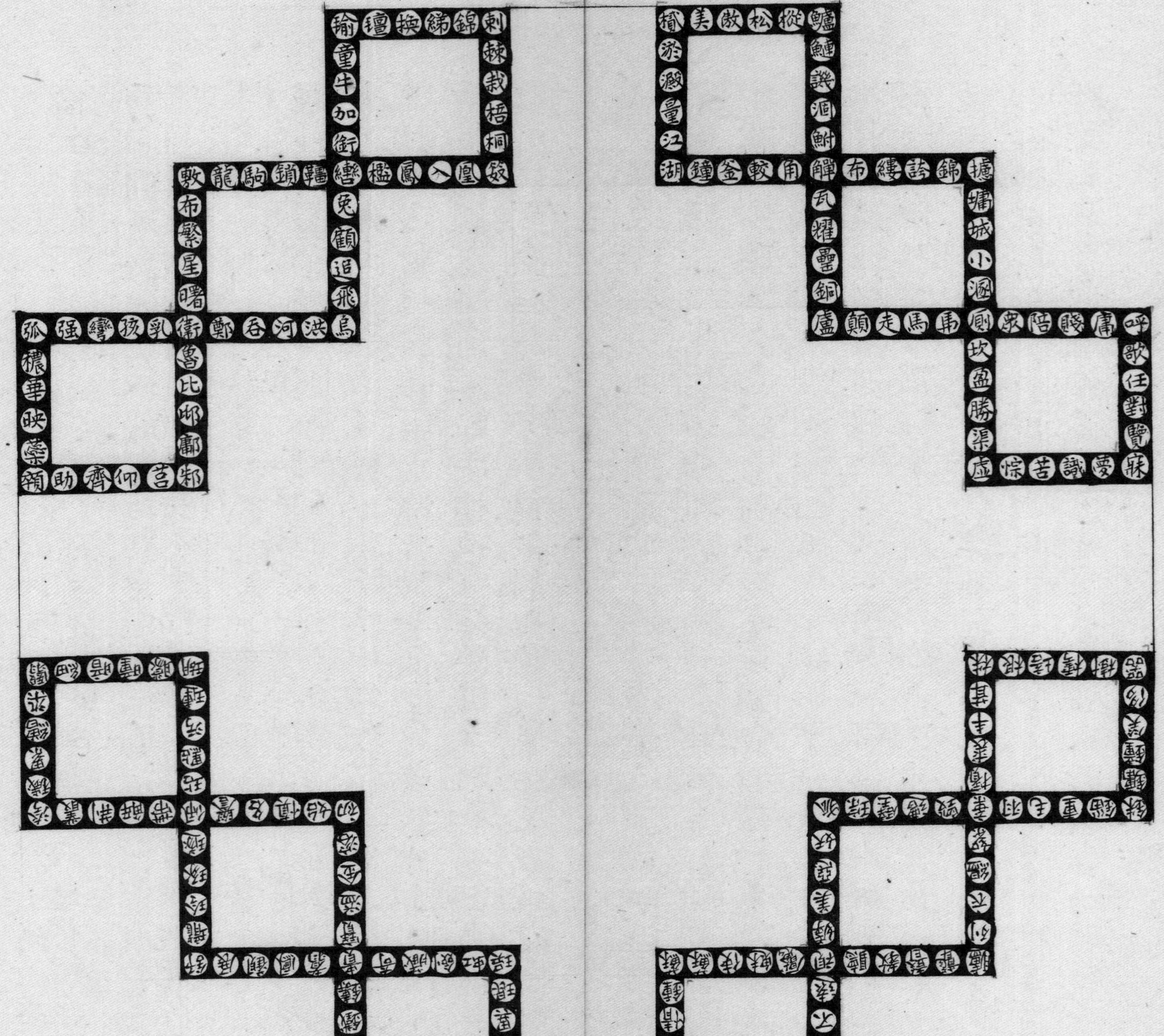

三花方勝錦文釋

言志　蘇氏淑慎恭賢與讒嬖為伍蕭艾芳蘭臭香異趣怨而言志迴環比喻離騷不作古詩之所以興也

鎔金溢寶貴鑄鐵範炎鑪充茅貢笥匭聚石異琨瑛虹劍藏奇貴
翥鳳觀展舒瓏玲琢璲佩玷點污璉瑚矇矑暗細翳染繒累穢洿
叢荊解帶佩譽名慎始初琮璧遭毀棄羽毛重錙銖鏞鐘笑侈器
樹樗培根株茸丰衺擯棄絮緼衣列臚聾聱教聽視魘魅使蘇蘇
鍾情空鑿枘擘鏡愁顏枯聰明不遠視嫭美惡妖狐銅罍耀瓦觶
鮒涸譏鰱鱸樅松傲羡樴淤澱量江湖鐘釜較角觶布縷誇錦攄
墉城小涵厠坎盈勝渠虛悰苦識夢寐擘對任歌呼庸賤陪衆厠
馬馬走顛盧洪河吞鄭衛孺孩孿強弧穠華映蘂頳助齊仰莒邾
鄘邶比魯衛曙星繁布敷龍駒鎖韁轡檻鳳入凰發桐梧栽棘刺
錦綈換擅瑜童牛加衢轡兔顧追飛烏　順讀退句用貴字韻
逆讀一首退句用兔字錦字換韻

讀法

衢環順逆退句讀九十六篇 內又有上下句分手交手順逆之法又得一百七十二首

衢環順退句讀者十二環連轉如鎔金至飛烏為一篇鑄鐵至寶貴為一篇充茅至炎鑪為一篇如是遞次衢環至兔顧為順讀四十八篇衢環逆退句讀者如烏飛至金鎔為一篇轡衢至顧兔為一篇瑜擅至牛童為一篇如是遞次衢環至貴寶為一篇為逆讀四十八篇

每勝順逆退句讀九十六首 內又有上下句分手交手順逆之法又得一百七十二首

每勝順逆退句讀者每三環自讀十六句為一首也三環順逆得二十四首十二環得九十六首

兩勝對待順逆退句讀二百八十八首 內又有上下句分手交手順逆之法又得五百七十六首

兩勝對待順逆退句讀者六環相對二十四句為一首也如左六環相對順逆退句四十八首右六環相對順逆退句四

十八首上六環相對順逆退句四十八首下六環相對順逆退句四十八首四隅交斜對待順逆退句又得九十六首

三勝勾帶順逆退句讀二百八十八首內又有上下句分手交手順逆之法又得五百七十六首

三勝勾帶順逆退句讀者九環連轉三十二句為一首也順逆退句六十四首四位遞轉為三勝勾帶之法共二百五十六首

剌錦綈換璮瑜幪巾椅面袂仆厦楮枅櫨
棘栽梧桐姣
凰入鳳櫨巒轤鎖騎龍敷
布繁星曙衡島比邱鄣郅
莒仰齊助領
蘂映華瓌弧弓駙縞素縉縹殪羌戎
駼橦舟飴鯨逆素吮窄鮞鱸縱松傲美纖
騣狮字乳砌陛擬衡嵩呼歌任對賢宋
夢識苦悰虚
渠勝盈坎廁涵小城墉遮
錦詩纏布韡角較釜鐘湖
江量澱於

大慶雲錦文釋

言志

駼鼷狎字乳砌陛擬衡嵩呼歌任對覽寐夢識苦悰虛渠勝盈坎
厠涸小城墉攄錦誇縷布觶角較釜鐘湖江量澱游樲美比松樅
鱸鮦窄吮嗉噬鯨饇舟艟鶩鵝輕駕鷺稺杉賤椅桐枯顏愁鏡擘
枘鑿空情鍾蘇蘇使魅魘視聽教聲聾臚列衣緼絮棄擯褱芊茸
株根培樗樹器侈笑鐘鏞銖銅增盈庳髮鬄益醜容瑦琈辯璞處
簣覆增高隆洿穢累繒染翳細暗矑矇瑚璉污玷點佩璲琢玲瓏
舒展觀鳳翥貴奇藏劍虹珸琨異石聚筍甗貢茅充鑪紅尚灌注
鞴槖鼓錘工櫨杅揞厦仆袂面掩巾幪瑜璮換綈錦刺棘裁梧桐
發凰入鳳檻轡韁鎖駒龍敷布繁星曙衛魯比邶鄘邾莒仰齊助
頷藥映華穠弧弓射縞素繒褓殪羌戎順讀又逆讀一首

讀法

緜連斷續順逆退句讀九十六首（內又有上下句分手交手順逆之法又得一百七十二首）

緜連斷續順逆退句讀法一如三花方勝錦衡環退句之例

每隅順逆退句讀九十六首（內又有上下句分手交手順逆之法又得一百七十二首）

每隅順逆退句讀法一如三花方勝錦每勝順逆退句之例

兩隅對待順逆退句讀二百八十八首（內又有上下句分手交手順逆之法又得五百七十六首）

兩隅對待順逆退句讀法一如三花方勝錦每勝對待順逆退句之例

三隅勾帶順逆退句讀二百八十八首（內又有上下句分手交手順逆之法又得五百七十六首）

三隅勾帶順逆退句讀法一如三花方勝錦三勝勾帶順逆退句之例

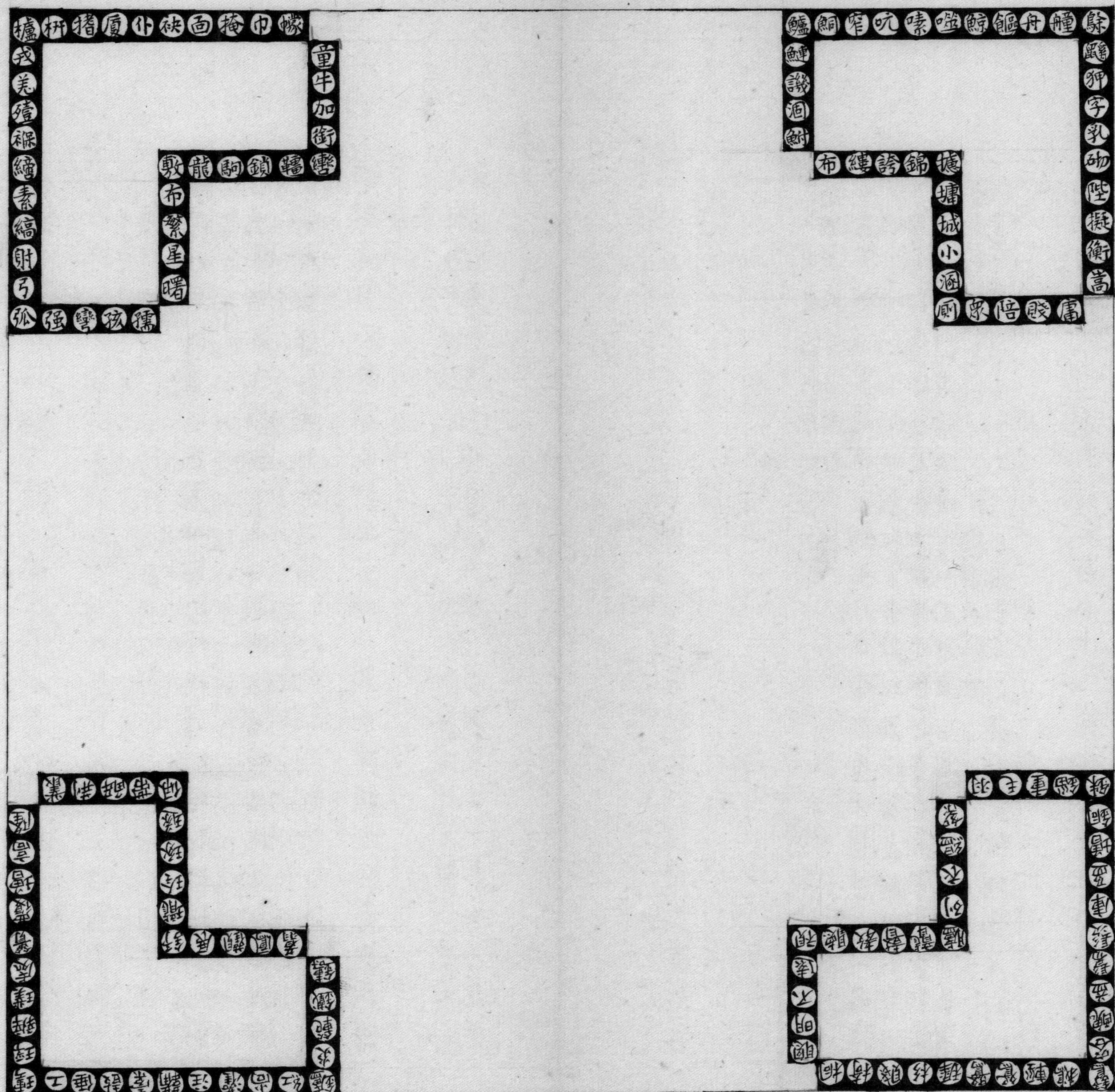
櫨枅褚厦仆袂面掩巾幪
戎羌殪褓繒素縞射弓弧
強彎弦孺
童牛加銜轡
韁鎖駒龍敷
布繁星曙
鱸鮰窄吮嗦噬鯨鏂舟艟騄
騀狎字乳砌陛擬衡嵩
庸賤陪衆廁
攄墉城小涵
錦誇縷布
鰱譏涸鮒

小慶雲錦文釋

文互見大慶雲暨三花方勝二錦其鱸廁銖視鑪佩弧轡八字借讀

讀法

斷環勾帶讀六十四首此斷環法諸圖皆有因眩目不注此圖可以類推

斷環勾帶讀者每隔各用一句蟬連勾綰相配而讀四句為一首環也如纏褖殪羌戎噬鯨鏂舟幢鬖鬄益醜容輔槖鼓倕工為一首鮒涸讖鰱鱸羽毛重錙銖鑄鐵範炎鑪孺孩彎強弧為一首如是遞句勾配為八首各首退句為三十二逆讀勾配為八首各首退句為三十二共得六十四首

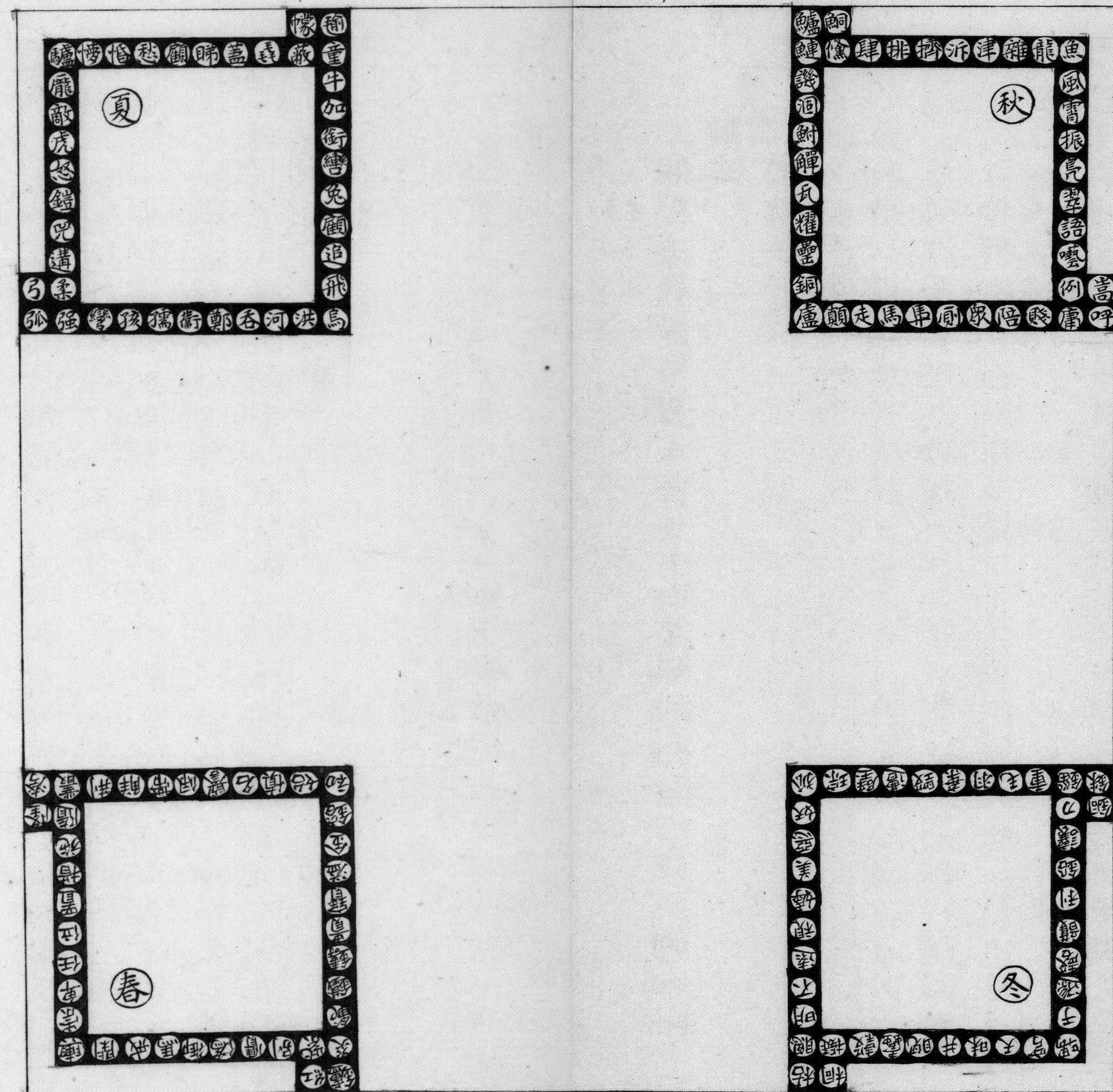
夏
秋
春
冬

四時錦文釋

呼嵩例囈語翠皃振霄風魚龍雜津泝擠排肆儻鮦鱸鰱譏涸鮒
觶瓦糴罌銅盧顛走馬馵厠衆陪賤庸枯桐擬殼蠹睍井昧天穹
喁于遜磬護利鉛讓刀銅銖錙重毛羽棄毀遭璧琮狐妖惡美婷
視遠不明聰洿隆隨施措寘位任卑崇輿閑戒馬御僞贋別紫紅
鑪炎範鐵鑄貴寶溢金鎔初始慎名譽佩帶解荆叢瑜幪蔽毳蓋
睇顧愁惛懜驢龐敵虎怒鎧兕邁柔弓弧強彎孩孺衛鄭吞河洪
烏飛追顧兔轡銜加牛童順讀

逆讀一首

讀法

縧連斷續順逆退句讀六十四篇（內又有上下句分手交手順逆之法又得一百二十八首）

（讀如大慶雲錦文之例）

每隅順逆退句讀六十四首（內又有上下句分手交手順逆之法又得一百二十八首）

（讀如大慶雲錦文之例）

兩隅對待順逆退句讀一百九十二首（內又有上下句分手交手順逆之法又得三百八十四首）

（讀如大慶雲錦文之例）

三隅句帶順逆退句讀一百九十二首（內又有上下句分手交手順逆之法又得三百八十四首）

（讀如大慶雲錦文之例）

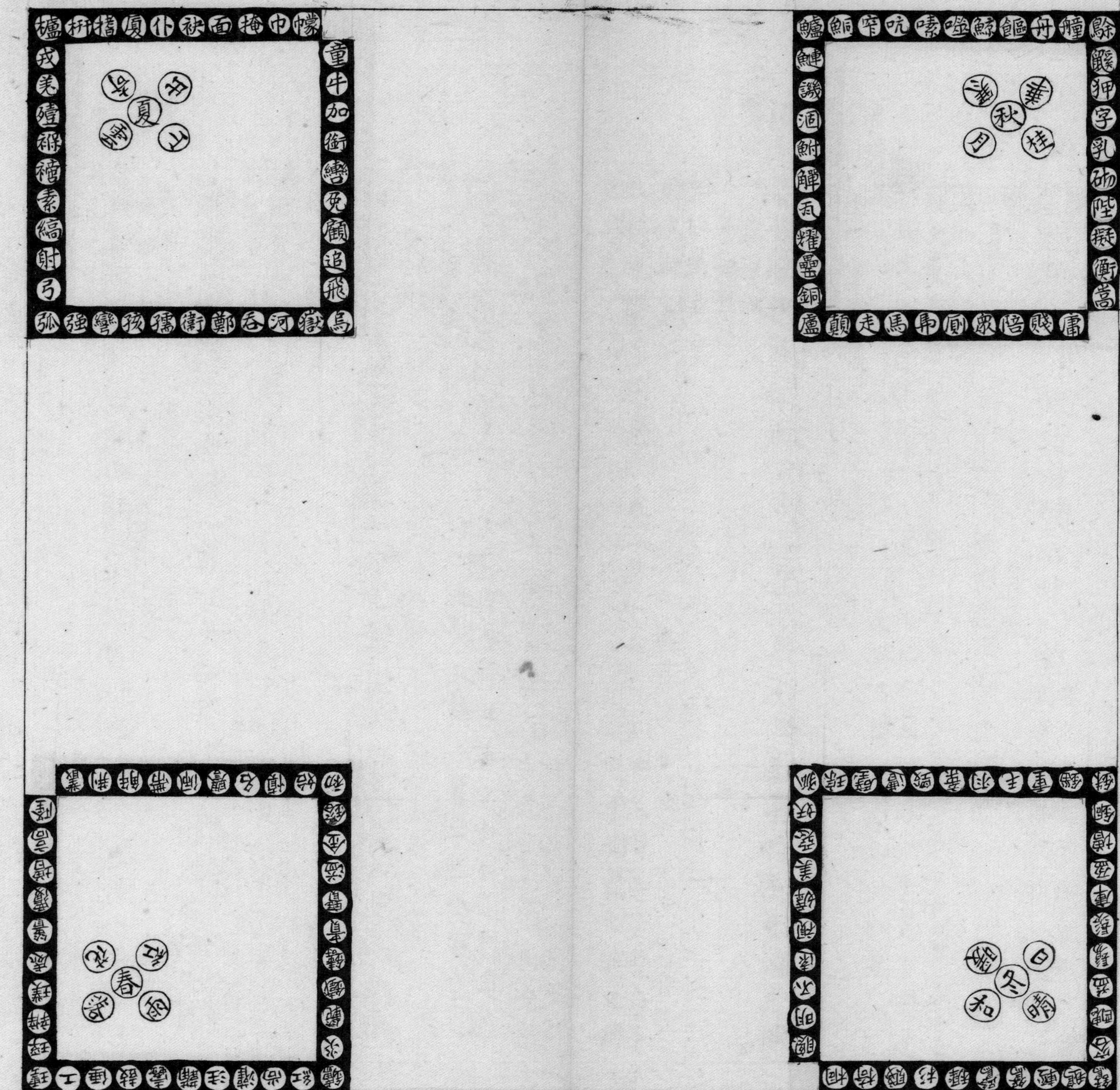
夏
秋
春
冬

四時錦文釋

文互見大慶雲暨三花方勝二錦其鱸弧鑪銖四字借讀

讀法

縧連斷續順逆退句讀六十四首 内又有上下句分手交手順逆之法又得一百二十八首

讀如大慶雲錦文之例

每隅順逆退句讀六十四首 内又有上下句分手交手順逆之法又得一百二十八首

讀如大慶雲錦文之例

兩隅對待順逆退句讀一百九十二首 内又有上下句分手交手順逆之法又得三百八十四首

讀如大慶雲錦文之例

三隅勾帶順逆退句讀一百九十二首 内又有上下句分手交手順逆之法又得三百八十四首

讀如大慶雲錦文之例

春雨

紅雨春花落春花落雨紅花紅春雨落花雨落春紅紅落春花雨

雨花春落紅春紅花雨落春雨落花紅

讀法

穿心讀律絶八首 讀如建辰錦之例

抽心讀律絶三十二首 讀如建辰錦之例

夏雲讀法如前

秋月讀法如前

冬日讀法如前

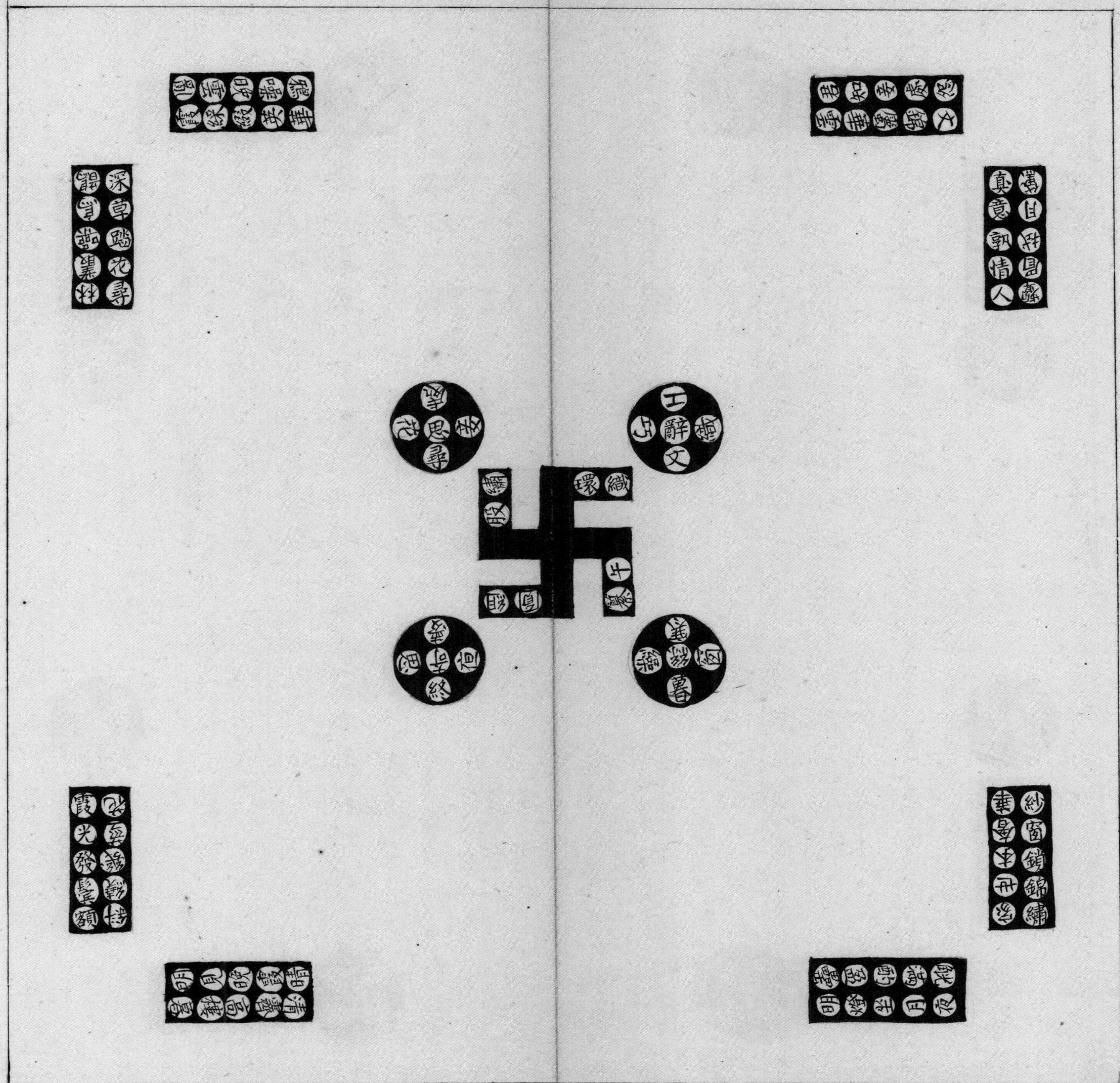

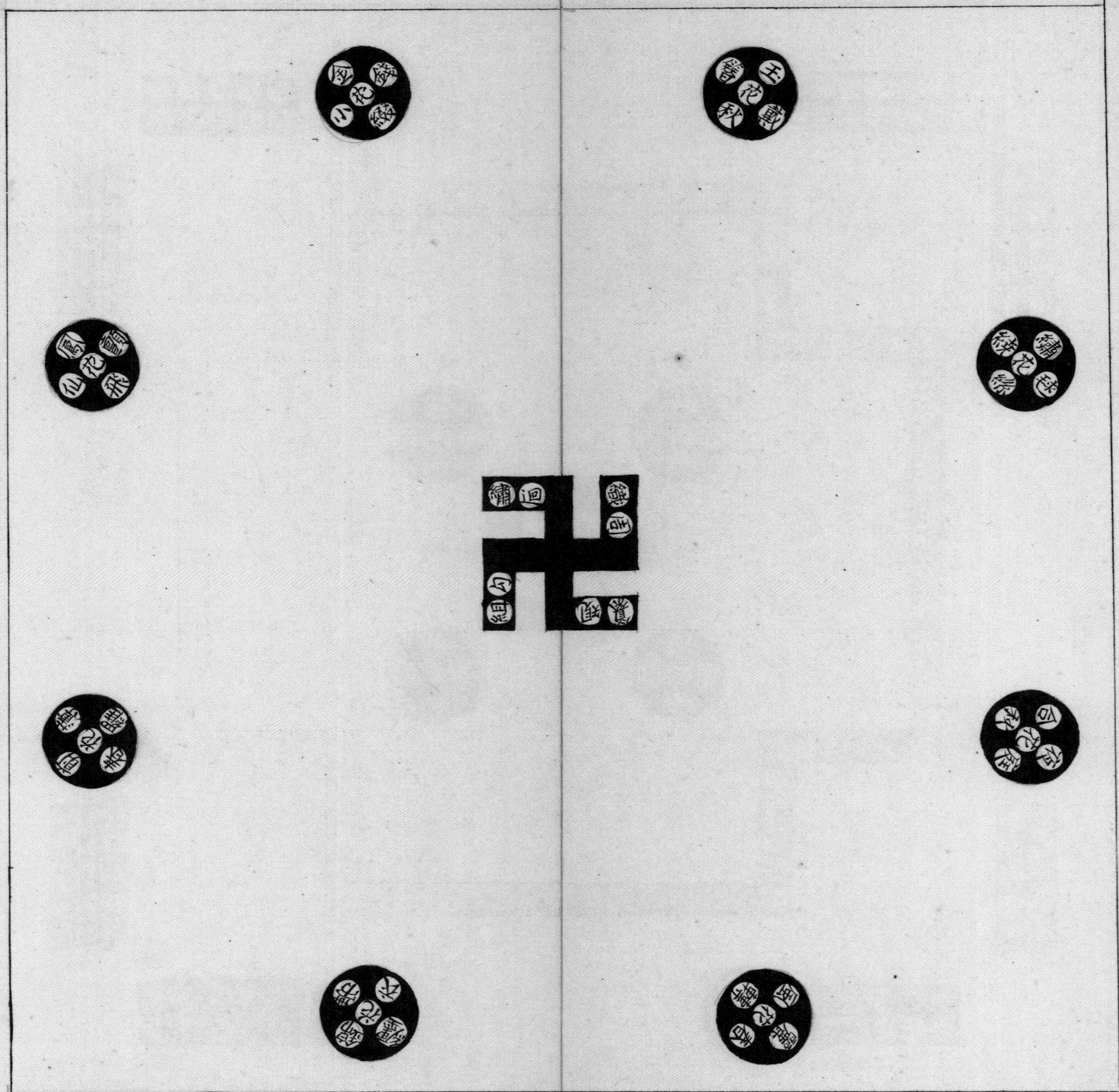

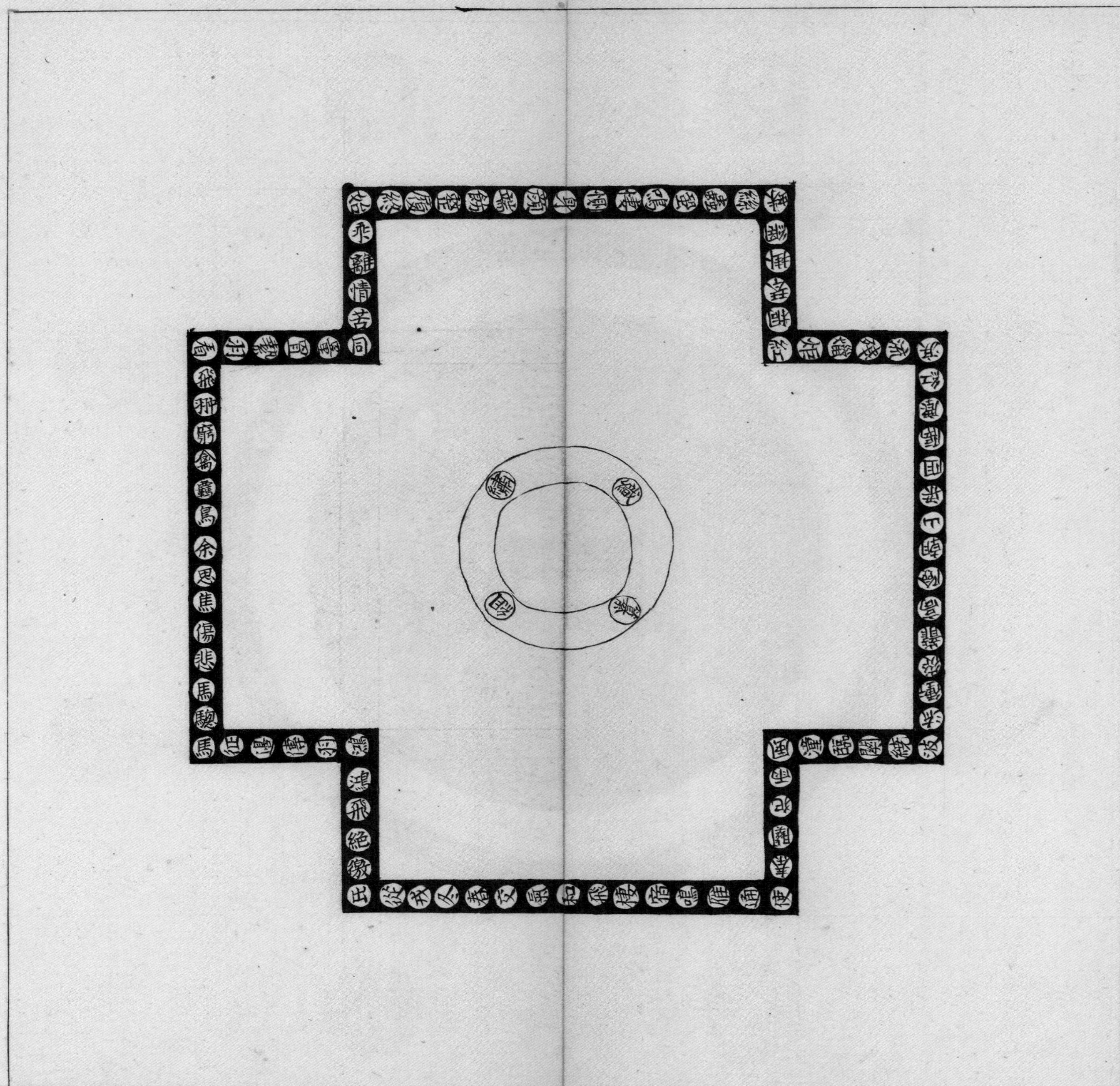

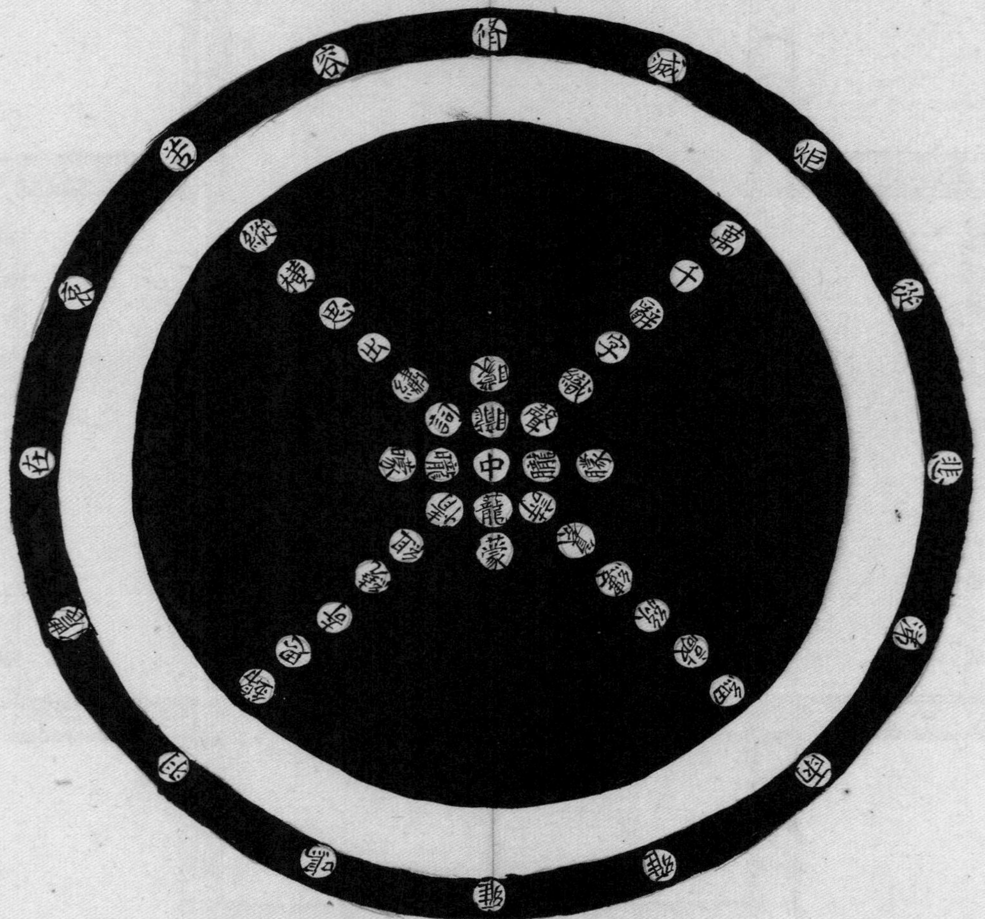
中
龍
蒙
十
萬

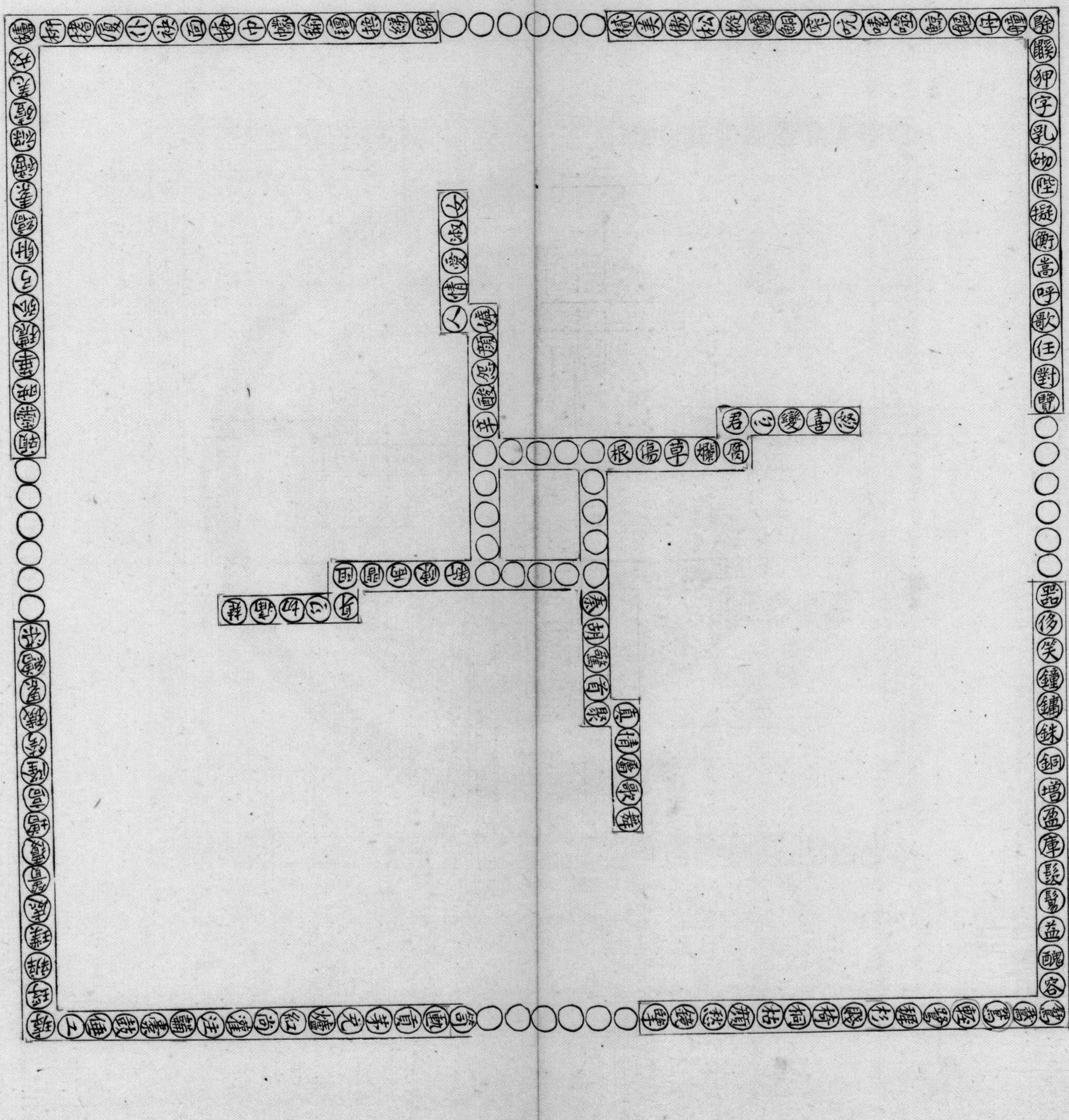
騣
狎
字
乳
砌
陛
擬
衡
嵩
呼
歌
任
對
覽
君心纏書怨
根傷草爛腐
器
侈
笑
鐘
鏞
銖
銅
增
盈
庫
鬚
鬢
益
醜
容

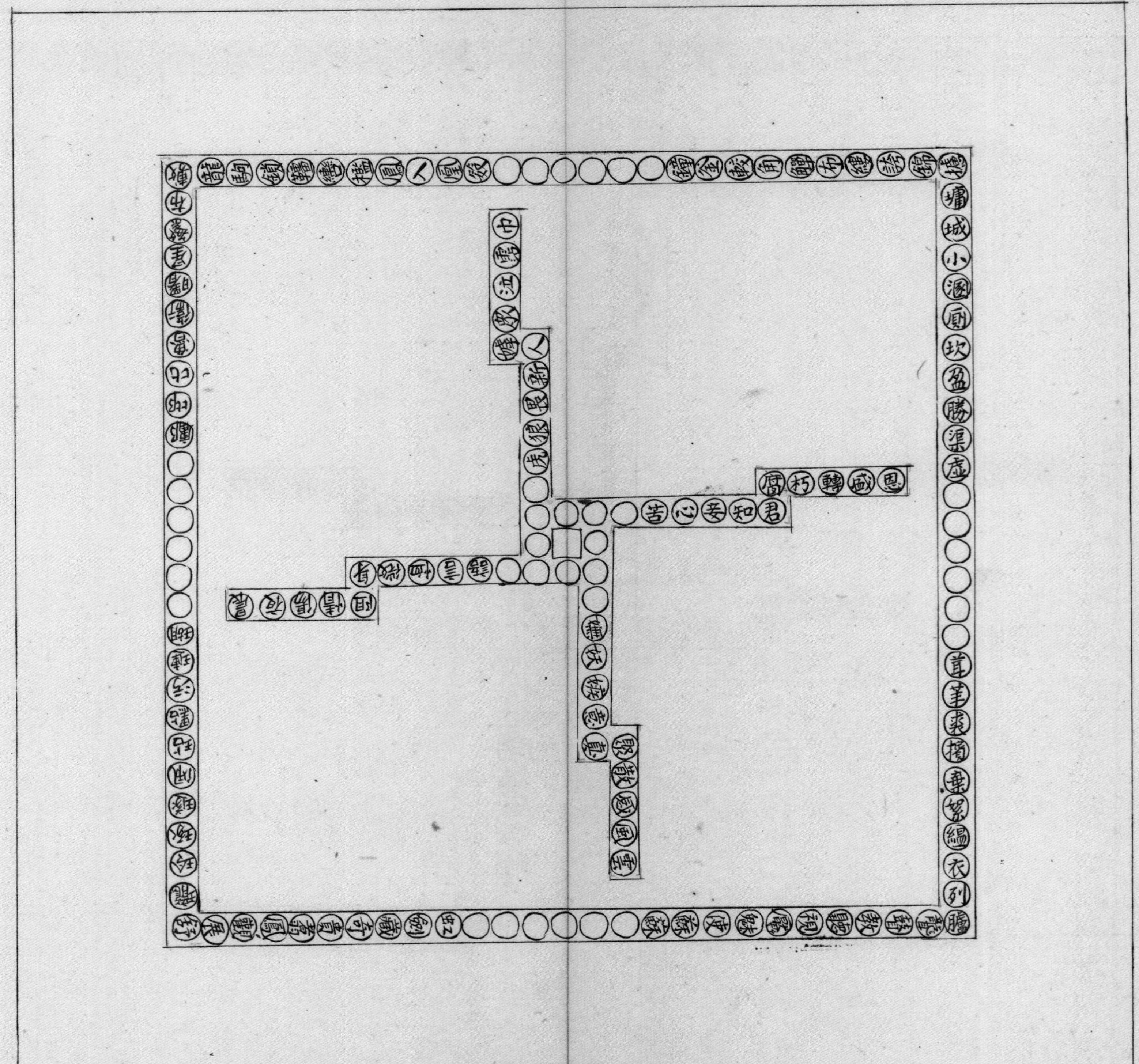

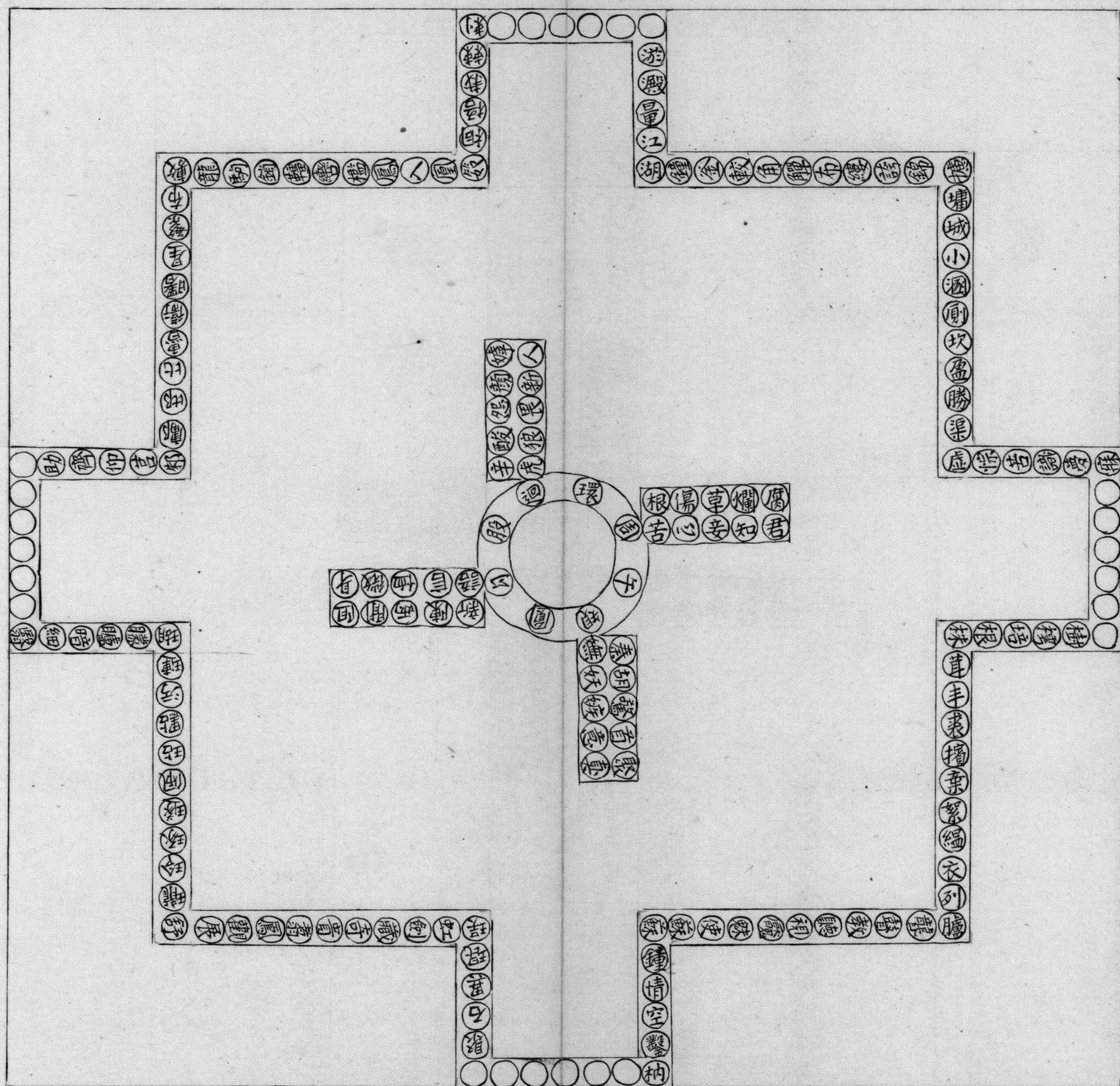

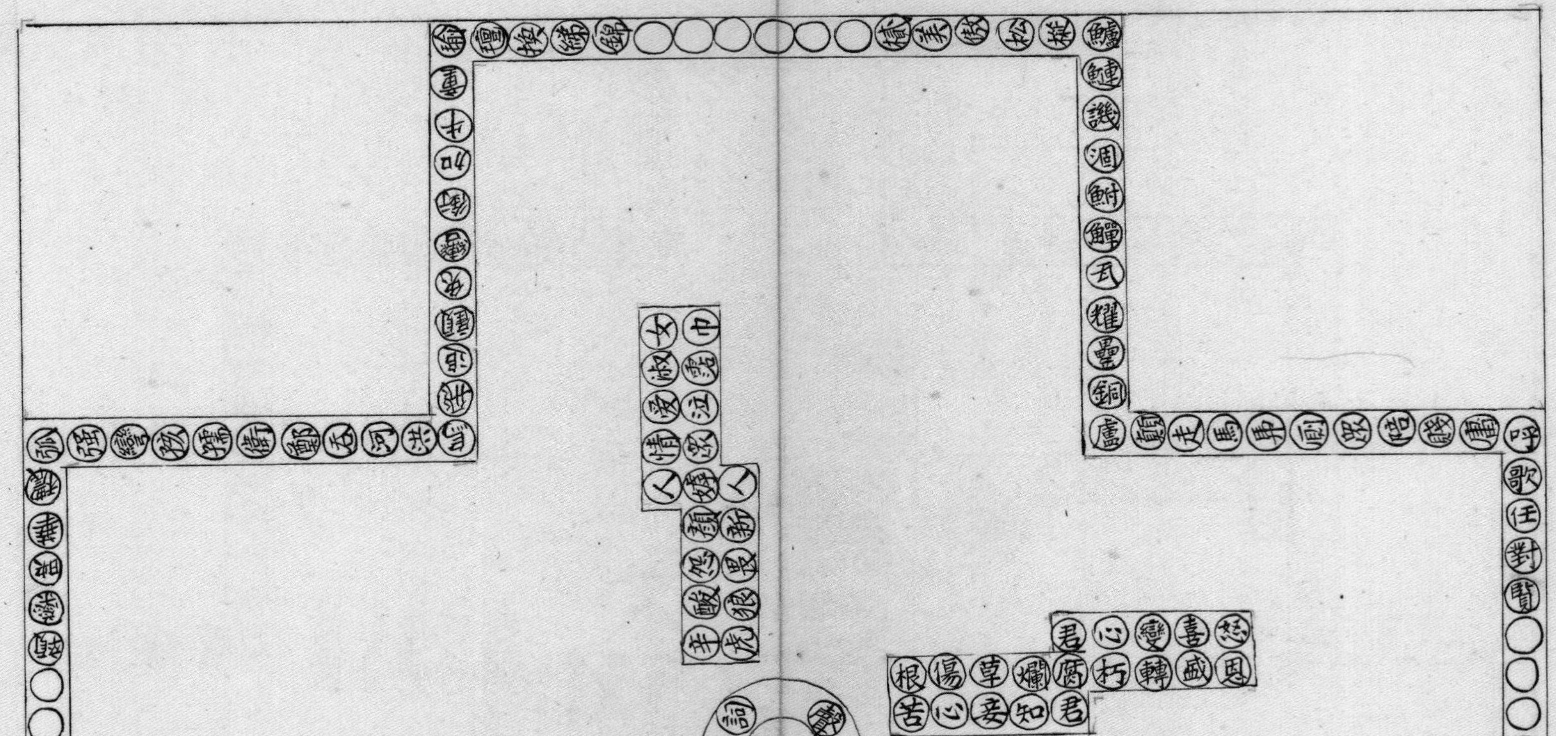

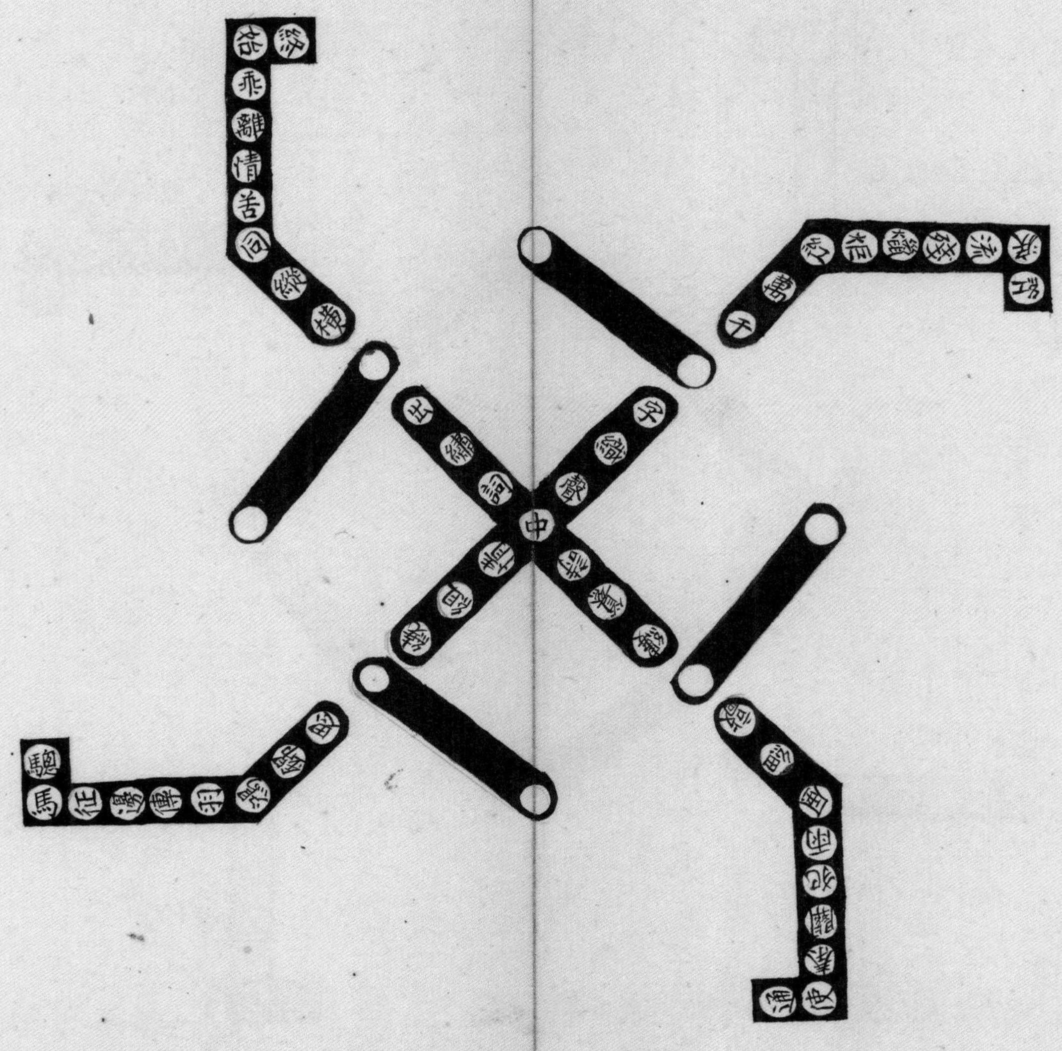
合乖離情苦同
中
千萬
驄馬征

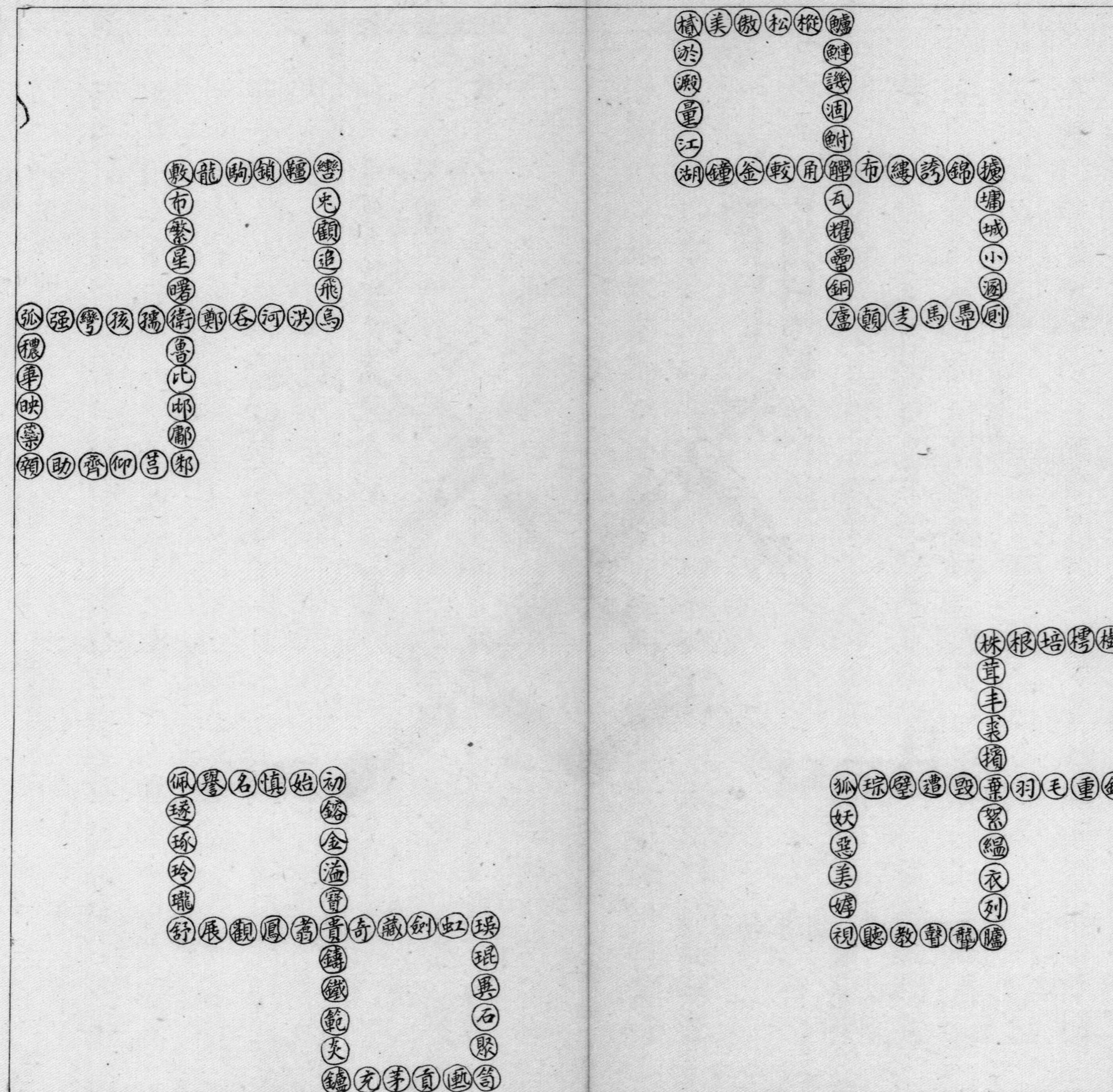

贈言

同邑　顧列星夜光

贈王仲瞿

昔者孔北海祇愛禰生犯狂應劉曳長裾唾棄難頡頏亦越呂仲悌水乳惟奚康告絕山吏部腐鼠嚇鵷凰人生各有志貧賤交難忘寸心茍相許歲寒保冰霜英英瑯琊彥秉德珪與璋發為璀璨辭照十五乘光曩曾諧笑宴今仍闊參商落落未一吐盈盈徒相望莽蒼各有適河漢自無梁結交不在多亦不在辭章但識劉豫州何必于襄陽陋哉車笠言屑屑計炎涼

短歌貽仲瞿

友以詩作合十年乃見王仲瞿仲瞿矯矯神龍駒渥洼淺水容不得蒲梢萬里徠皇都黃金臺高郭隗死帝遺鹽車困騄駬何當峻阪注銅丸看汝驍騰日千里君不見蔡邕最愛君家粲家書盡與無嫪戀倒屣迎來滿座驚吟成灞岸人爭羨又不見昌黎不嫌昌谷小鄭重相過非草草辯諱何妨紕繆譏神寒骨重先傾倒嗟余擁腫老蓬蒿長鑱雪劚同谷苗仲瞿斫地歌正豪俾余心醉氣不驕人生知己苦難得況乃振轡馳風騷唱余和汝歌且謠紅顏白髮成心交托契不在三物要君看鴻鹿尚綹侶得不慷慨求其曹嗚呼得不慷慨求其曹

采桑子　為仲瞿書事

王郎生小風流甚青漆高樓紅袖香篝自鼓琵琶殢莫愁　江南江北遨遊遍玉樹歌柔錦瑟絃浮繡被常眠載鄂舟　蓮花金臺石鼓摩摩久課積鏞堂賦獻長楊難飽侏儒粟一囊　幕裏空羈駿瑣細周張顛倒卽當一笑歸來對孟光

酣歌擊劍渾閒事大筆如椽黼黻圖宣應汗千秋蘇蕙顔　年年
不得文章力椎碎朱絃誰薦鶚肩前屋空山冷石田
知君最眷雲藍袖柳絮章臺桃葉秦淮不數樊家擁髻才　清宵
內集吟成後明月棲懷豆蔻含胎笑把於菟弄幾回

右黼黻圖稿仲瞿先生未竟業也按先生自跋云共圖一幅分圖四十有九兹惟三十四圖自注末頁云其餘尚未圖出且自金錢錦下釋文未備故世所傳者僅全錦而已全錦一圖先生曾自刻之錢塘陳雲伯再刻之宜興潘治甫嘗書以贈人余凡三見之然讀者每興望洋之歎兹得是稿不啻渡津之寶筏也爰録之以庋諸篋原稿藏秀水嚴氏時咸豐四年甲寅秋閏七月十有九日燈次私淑弟子張鳴珂拜識

右黼黻圖稿為趙君萬里手鈔張公東本　公東久寓吳下其藁曾一見之其全錦一圖陳雲伯嘗有刻本猶記光緒丁未在黃君慕韓（振元）齋頭亦得寓目忽忽已十八年慕韓久歸道山遺書星散此圖不知入誰氏之手卽公東寒松閣庋架諸物亦亡佚殆盡今復歸得萬里本展玩數過若遇舊識不禁神王而回念舊交又不勝隣笛山陽之痛矣因題數語歸諸萬里云甲子人日長洲吳梅

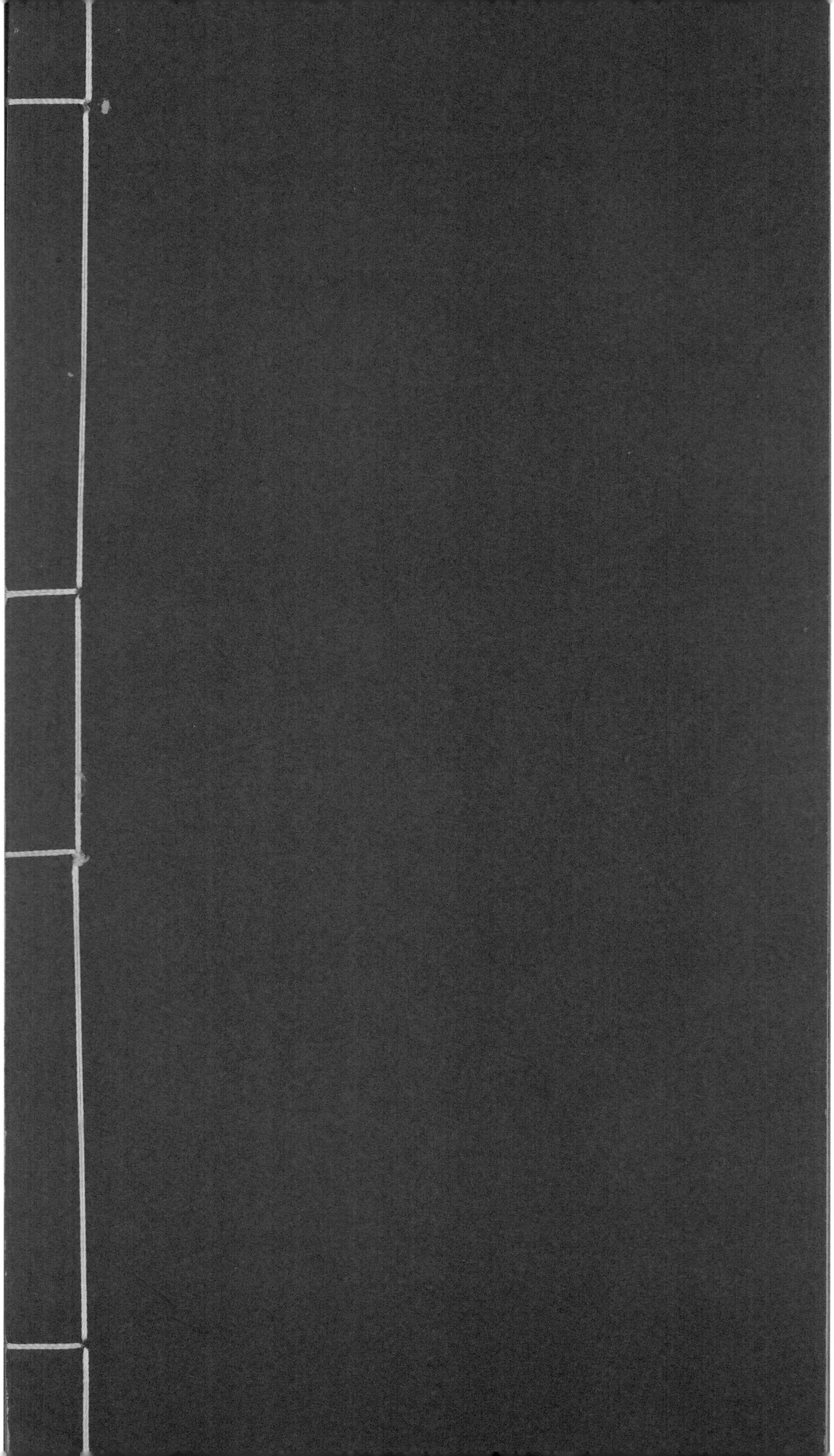

黼黻圖　張宗祥抄本

據浙江圖書館藏張宗祥抄本

影印原書高二十六點九厘米

寬十五點七厘米

黼黻圖一卷　清王曇撰。曇字仲瞿，嘉興人。卷後有孫玉山跋云云。余觀卷首亦有張序，云將付諸石印，然迄未見。玉山趙云後予函承友沈君稻巖訪其遺卷不可得，得澂濱又訪之盛君子貢方得此卷，因錄之。

冷僧記

黼黻圖

光緒丁未秋九月

吳覀禮署檢

煙霞萬古樓原本丁未秋九月重摹石印

吾鄉王仲瞿先生奇才也貫穿群籍下筆如飛通兵家言慷慨悲歌不可一世其虎邱山房室志云所著有詩文集如干卷西夏書如干卷讀史貫華如干卷鴻範五事官人書如干卷歷代神史如干卷居今稽古之録如干卷隨園金石考如干卷續郛集如干卷魚龍爨傳奇遼蕭皇后十香傳奇如干卷錢梅谿序其文集益以經解三卷史論三卷傳家六法一卷歸農樂傳奇九齣玉鉤洞天傳奇四十八齣萬花緣傳奇四十八齣等身著作獨不及黼黻圖者蓋未成之書也先生居秋涇之工署其樓曰煙霞萬古圖書彝鼎劍戟琴簫充牣其中今已鞠為茂草錢梅谿陳雲伯兩先生僅刻其文集六卷詩選二卷餘

皆不可復問矣徑秀水嚴氏借得未刻詩十餘冊選鈔一帙為川沙沈均初孝廉攜去燬于兵燹後在范雯茁處借殘稿一卷亟付手民制蓺三十三首涇縣朱幼拙郡郎錄授剞劂此圖摹寫一過斷手於甲寅七月弃諸篋衍五十餘年矣秀水孟祉昉錢唐潘士豪兩茂才見而愛之借摹二十餘月始克蕆事鈔錄摹繪均出士豪手筆其校勘則祉昉之力為多祉昉名豪士豪名世傑皆博雅好古留心文獻者也今將付諸石印為述其緣起如此

光緒三十有三年歲在彊梧協洽秋九月己丑朔私淋弟子嘉興張鳴珂序於秋涇之寒松閣時年七十有九

黼黻圖題解

黼黻圖者靈宮晚出之琁璣也隋亡錦失全輪御題之本傳留千古靡有殊辭但言無意疎三千餘首之間韻音轇轕義晦不文又其命曰琁璣曾不能寓圖于方包函動靜名實乖焉茲黼黻一圖圓方肖乎陰陽勾股範乎河洛仰合四時日月斗建星宿之形俯窮十二國八索四方營陣之象鸞鳳翔天蟠龍攫地運斡之權寓於機杼亦乾坤文字之大能也夫文以足志言以達情蘇氏受毀遭讒才而見棄肺腸抑塞豈乏偉辭迺琁璣傳習陳腐支離不明情志僞亦何疑今靈宮之本四言可以繼變雅風騷五七可以該唐晉宋周彝商鼎效彼銘辭漢碣秦碑橅其讃語言言鉤鎖字字環連萬什千章讀之難盡達情足志良足尚也且夫虞初誕妄蹟涉離奇摛藻之倫豈忘喙訟然古來真僞之傳彼揚此抑事或崖崇今如必退琁璣而進斯圖吾博非張華不能再入瑯環而證之也時乾隆己酉良月望日繡水王曇生題於午餐卯諷之齋

秋涇生西陵書事

歲在己酉月陽值甲秋涇生檥舟於揚子之西陵江雲欲霽銀山如屏潮平四尺沙月無聲榜人酌蘭陵之醞童子吹笙水窗上下如有神鐙就枕若脤帆西行者風檣欲裂電閃雷騰白魚拋尺神鶻萬翎上流簫管之聲一船兩 鳳旆龍旌軫軫隱隱若聞韶韺紅欄華繪樓櫓如城曰洞庭神人也馮門隱顯短燭長樂雲鬟衆侍者眉星額月耀若湘靈逆生舟而哂曰彼不逞其文章之技奚慨慷而如萍二鬟導手扶篙而升紅檥西入白月東升霓裙霰帔霞散雲蒸趨蹌再拜目蕩心驚曰妾符秦竇氏蘇姓蕙名三湘七澤釁我權衡生逡巡少選膽氣方平屏營而請曰亦嘗聞璇璣之突奧矣欲句讀而未能神囅然言曰靈笈之祕文非當世之流行也俗人膚淺謬執文評隋亡錦失龍入龍庭金輪偽本不足爲憑世不知栴檀畫其土之殊等何辯予文章之死生爾窮墳典耳目晶瑩東南千里地釁軫星海中一靈館曰雲縉靈函祕典千洞三家靡人披展誰厭神鯖神人迺呪水壁五華入由庚海龜後蠡江鬼前旌門樓百級玉戶瓏玲龍書鳥篆億丈千經靈臺九閒羅圖一屏神叟祜吟曰此五十圖也璇璣之所由縱橫秋涇生魂神震聾氣沮思怔不能卒讀

一字三停、司書之女闢遺開扃奇光眴眼異采逮睛錦瑞數十元黃飛霙生剜心究義劃肚尋音誦之再遍字字瓊瑛神曰是圖也分之衆幅合之一并明珠走盤十萬餘零非俗傳之轇轕世人之覩聽者也生瓶顱稽首誦之在口服之在膺騰忭喜踴實獲未曾喟然捧頸而言曰奚貴耳賤目不知璇璣之更有真也神恚然憤色曰爾錮于塵好猥慕浮榮文章雕琢實憚精靈精命之不遇何異青寫銀濤瞥合海水魚腥神人不見紅旭如缸身飄海岸雞犬飛鳴如醒大醉覆臥吳船秋涇生於是披衣醻而杜默聰明含毫記錄三日圖成

圖例

一是圖方圓經緯之法出於勾股故字句變合分離東挪西掇

一全輪五色之本并畫拙直故能用色分數覽之若掌茲圖星陳宿錯或一字十借數十借數百借非色可宣必閱分圖始能循環以讀

一是圖中宫二十五字係河洛之數自一生二自二生四自四生八一三五七奇數用焉故二十五字之廿去朦朧八字乃成銘辭幾百餘首而律吕之法備於其中非若璇璣内宫混填九字亂無文字者可比

一圖中借字奇妙如八龍之尾則借四鳳之首交龍之頸則跨大龍之背北極之字取於一中二十八宿之字寄於周天春秋冬夏之字冀於巳亥寅申四孟之位其他攙掇讀時意會

一建辰一圖經星方位次序合虞書古今中星日月五行共由黄道斗柄建寅爰標識首

一紫微一圖按紫微中垣列曜門户之位中為天樞北極左為天皇勾陳垣外則輦道常陳五諸侯列焉此一定之體

尋圖而讀至於河鼓西移牽牛東轉毎星有體擬讀皆通

一山河一圖其列國地名竝見春秋所載雖江河山嶽不印圖經不過略如形象耳

一圜枰兼河洛之數方圓動靜度合週天

一陣家營隊參天地之奇秘合方圓之眞體圖中龍飛一圖迺握奇八陣之一其游兵攻擊具於分圖讀法

一圖形皆係錦名又有大小機軸織具之形錯雜中宮另為圖出若中宮標目銘辭寓於諸圖

讀例

一圖中讀法皆璇璣世本所無如方圓兩體有滚輪讀左旋右旋讀橫三聚五讀析帶讀迴腸讀羅文經緯讀交手讀分手讀銜環讀卸環讀脫甲讀蹋躍對待讀進退讀蛇行讀勾股讀綿連斷續讀十字交花讀鎖文讀律呂相生讀移行換陌讀抽心讀穿心讀讀法具於此矣

一篇章積數之多一如璇璣環卸之法試累至如千然璇璣方罫讀之可盡茲圖方圓勾弦角法律呂皆備讀之莫盡所注讀法互參可也

一璇璣句有不可迴讀者茲圖無句不迴典則皆可訓也

一詩有五字而讀成絕句律十數首者總計一字爲韻句各具意故中有一韻萬字銘以表其體

一太極一環假句讀之法以明陰陽理數之秘乃乾坤之體用方圓之始終故用以置首

一分圖碎落字句零星各準全圖方罫之格按位尋文

一全圖外經皆係擬古風雅質重之句中經平易之體以各諧聲律

一分圖每頁之前各置全圖一頁以便檢尋原字方位

黼黻圖諸體廻文讀法總目

錦目

詩辭總目

國風體

羽鳴　迨迨

連波　騅駓

鵝鴛

小雅體

鬼燐　擕

綰　頳鱗

斗犉　韱篇

婁犨　犨鷹

井谷　星中

箕　麈麋

柏梁體

騘馬吟　罝罿吟

秦關吟　熾炬吟

轆轤吟

漢魏體

古意　雜詩

一韻萬字銘　　組繡纂織銘

方圓勾股四言銘　　方圓勾股五言銘

方圓勾股三言銘　　經緯第一銘

經緯第二銘　　經緯第三銘

經緯第四銘　　經緯第五銘

經緯第六銘　　經緯第七銘

珠纓玨縈璣縮星陳圖連播彙辭典型鈞摠旋句戲棋衍抃紛敘言繢意迷戀情親疏讒逐宜遺潛旋
瓊餘巖狎穿乳砌陛擬衡嵩呼龠任覽綵歎砂陳奔紛器修笑鐘鏞銖銅增盈庫髮鶯益醜容鸞中
衡艟魚風霄振皇聲語藝例庸發屢是爻綦欲破畢吞紘樹燮讒噗鈴鐂刀讓鉛利護鬱遜于喝戴粧
管舟龍鸞令綮月忒肯霸人陪鷹靈畢縣飛轟昂淮綈摽回貝花羅重鈴恩鵲鸚公寒覘鴝軒鸚
閥鏂雜清秋風真意情就人陪警鬱苦文雷參河繢培員夜鑾康毛華杏本世家鸞下鷲天鷺目
秘鯨津象衣夕虔情以春宴篆聽鐙藻濼旦江績根夜淥耕羽稀無角渥潮下鶯肸昧鷺聯
蘇嗌沂鼢文懶懆城小圖原扶盛聵竄漢電旦漢緣林茸丰裘擯棄紫縕衣列臚虯航并輝眉
騑嗛擣駿錦心鏄禽瓶多星草派紅塵陽且梁山朝險高龍炎衝流波毀旋魁指夕龔凋滿月睨杉明
臚吭排譬屬鬱誇去贏嵒客焉流宗遠君函重悲絕年歲浮沉耗繞遭陳緯羅經簪棐酌悉盞賤迎
句窀肆叱媛縷井綆絲象走戒岱迫從廣慘暮驛驂空涕交音關璧連合燈教絳盈溢翠綺擘
音銅儵晅泗布谷緬緩以顛藏衛嵩飽心宿雛駐嘽嘽飄零臨琮巒回中甖聽惜嬰明擬握扶
選鱸鏈識凋觸瓦擢疊銅盧姮翩恒華心擾憂思忡窮思哀潼孤妖恐美嬌視遠不明聰拈鬢
詞擬欒鬼䕓角蛛綱掛琴桐炬仍濤意君擬雨夫來纖襪微命雨祀關秦夜魔奩室鑑綸顏處
備松異葉日輕絲毀浸裳沈巧爾苓慕心爛遺韶語下發微嫣蘭發情酒魄今情彎
曲悅彤燦稍吟采覡毀聲論鼓辭卸憐丰毒采鳳霜覆錢亦黠練微驕鴻驂雁使氐玉寫鏡垂
菁美淼竅鬱灆鍾蟊信減賢鐘工文鏡乂舊上鈥翔寞發隻身穠頫雁鳴蕭撥恬鬈
筝械淼瀲量江湖鳴波蹤恭惊吞允之萬帳月衣飛發蕊日意真情屬露翁窈薦鍾情空鑾紫
標雱聚霙飛霰散淒連衷填憂林兮心靈冊十義泰胡鶯首聚散感風雲接盼信書笑奭紳
笙芬雲馥烟縵縵惻感幽淑百纖龍轉圓環遂歷鸞錦嬪妖嫌意真帷旋雄同飛伊澹簡朽陵紆
管紋緣星辰爍爛身脩儀飾集籍倉取服聰中漢綺日叉粽孖璣逮辨躪鮮和鏑鏡鑣虛宇文蘭
絲元纏纖黃瀾涑顏丰胸脊交入蒼佩貌聽龍倉圖戀棄騎蔚輿寶蘭旗桂穠荃穠蓀纓縷綫葛服
比坤地乾天貫串端中燭淑發悅顏鎖半股蒙勾智琴工鼓壺籥注尙紅鐘充亨鸞鳳筒真均
粟擗箏攀紗若國丰人春處姿分鶯蒻日新瑤輿陳戒馬御層刻紫炎紹孔情變聚爲轉
攉瀋簪張若國人瘦來處寧瞻輔轉言璞卑學晚烏鸞聞清麗鐵潔鴛女石如圓
錄蹉躍爭衡入知腰發晚步風陣陳兩任淇萍風圖鳥憶諧鐵中紅柴果何入
分樂莫屬以次不婉亂繞院小翳花綴閒置任鴻皇厝閑深懸鳴鐵鐵劍崖琨層選
明[illegible]
顯[illegible]
微[illegible]
志[illegible]
尺[illegible]
篇[illegible]
擄[illegible]
新[illegible]
精[illegible]
纂[illegible]
奇[illegible]
製[illegible]
複[illegible]

蘇蕙織錦廻文予嫌其名曰璇璣圖無圖體讀書會稽山中戲代其棄妾趙陽臺亦製一本凡一千五百二十一字讀成短長古律銘謠贊誦五萬七千餘首中含三垣斗柄二十八宿及一切圖象其方罫則列國輿圖風雲天地八陣游兵共圖一幅分圖爲四十有九交龍翔鳳萬轉千環握奇變化之數雖兒女心思善讀者亦知爲文章之壁壘乎

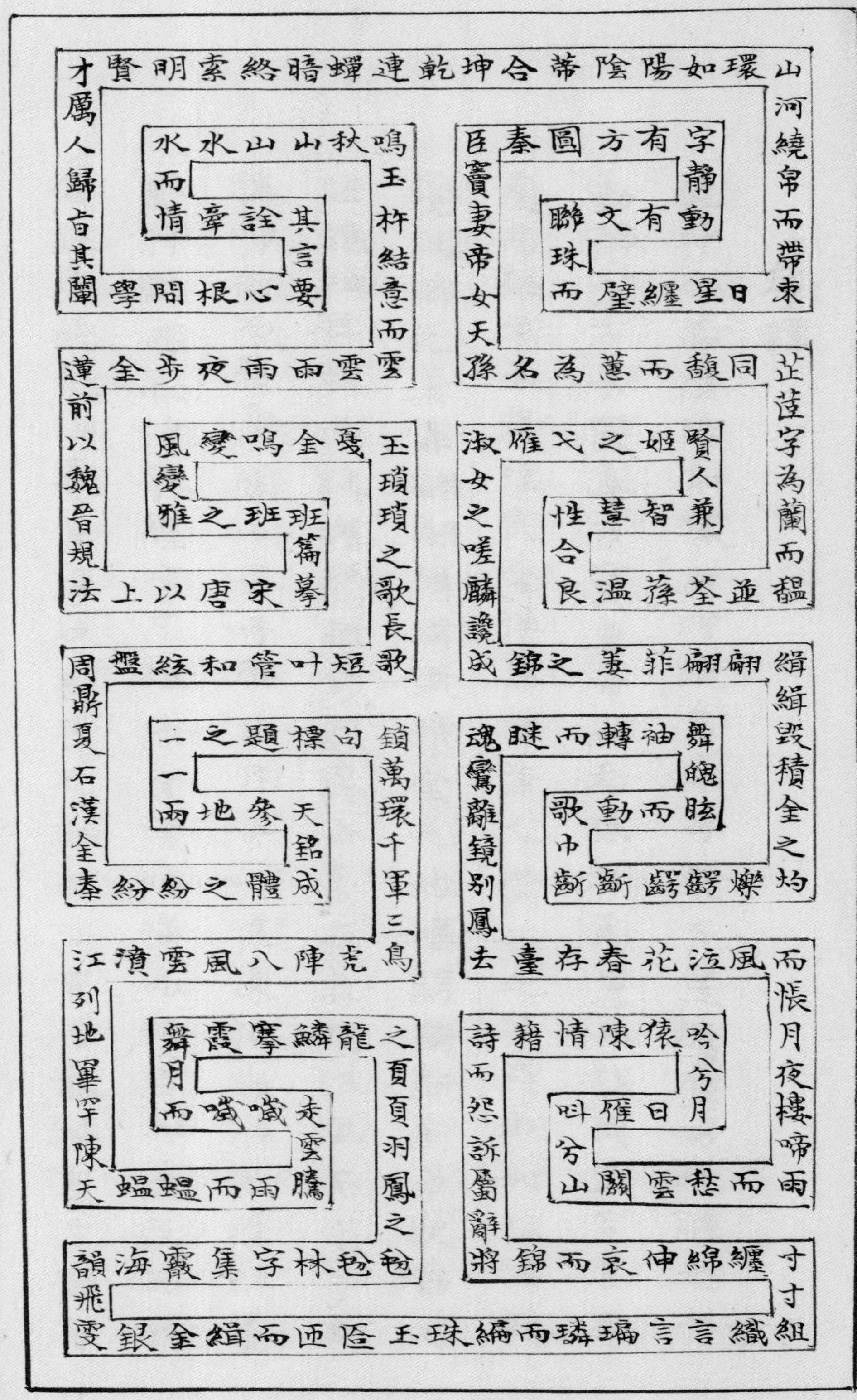
才賢明索絡晴蟬連乾坤合帶陰陽如環山
河繞帛而帶束
厲人歸旨其闌
學問根心要
鳴秋山山水水
而情韋詮其
言
玉杵結意而雲
臣秦圖方有字
寶妻帝女天孫
靜動有文聯
珠而壁纏星日
名為蕙而馥同
芷蓮字為蘭而藴
運全步夜雨雨雲
前以魏晉規法上以唐宋摹
篇
玉瑣瑣之歌長歌
風變鳴金戛
變雅之班班
淑雁弋之姬賢
人兼智慧性
合良温蓀荃並
女之嗟麟譏成錦之萋菲翩翩
緝緝毀積金之灼
周盤絃和管叶短
鼎夏石漢全秦紛紛之體成
銘天
鎖萬環千軍三鳥
一之題標句
一兩地參
魂睫而轉袖舞
魄眩
鸞離鏡別鳳去臺存春花泣風
歌動而
巾斷斷齬齬爍
而悵月夜樓啼雨
江瀆雲風八陣克
列地畢罕陳天蝙蝠而雨
騰雲走
之頁頁羽鳳之
舞霞搴鱗龍
月而峨峨
詩藉情陳猿吟
兮月
而怨訴蜀辭將錦而哀伸綿纏
吽雁日
兮山關雲愁而
韻海靄集字林毯毯
飛雯銀金緝而匝啟玉珠編而璘瑀言言織組
寸寸

序釋

乾坤合幕陰陽如環山河繞帛而帶東日星纏璧而珠聯文有動靜字有方圓秦呂竇妻帝女天孫名為蕙而蘋同芷茝字為蘭而蘊並荃蓀溫良合性慧智兼人賢姬之弋燕淑女之嗟麟讒成錦之萋菲翩翩緝緝毀積金之灼爍齵齵斷斷巾歌動而眩魄袖舞轉而腱魂鸞離鏡別鳳去臺存春花泣風而悵月夜悽啼雨而愁雲關山兮叫雁日月兮吟猿陳情藉詩而怨訴屬辭將錦而哀伸錄纏寸寸組織言言瑀璘而編珠玉匼匝而緝金銀雯飛韻海霞集字林毿毿之鳳羽頁頁之龍鱗搴霞舞月而嘰嘰走雲騰雨而蝹蝹天陳罕畢地列江瀆雲風八陣虎鳥三軍千環萬鎖句標題之一一兩地參天銘成體之紛紛奏全漢石夏鼎周盤絃和管叶短歌長歌之瑣瑣玉戛金鳴變風變雅之班班篇摹宋唐以上法規魏晉以前蓮金步夜雨雨雲雲而意結杵玉鳴秋山山水水而情牽詮其言要心根問學闡其旨歸人屬才賢明索絡暗蟬連

以上回讀倒顛通用真文古韻其中林名明三字依古諧叶

讀法　右序文順逆兩首一從乾字分心左旋讀至連字止一從連字分心右旋讀至乾字止

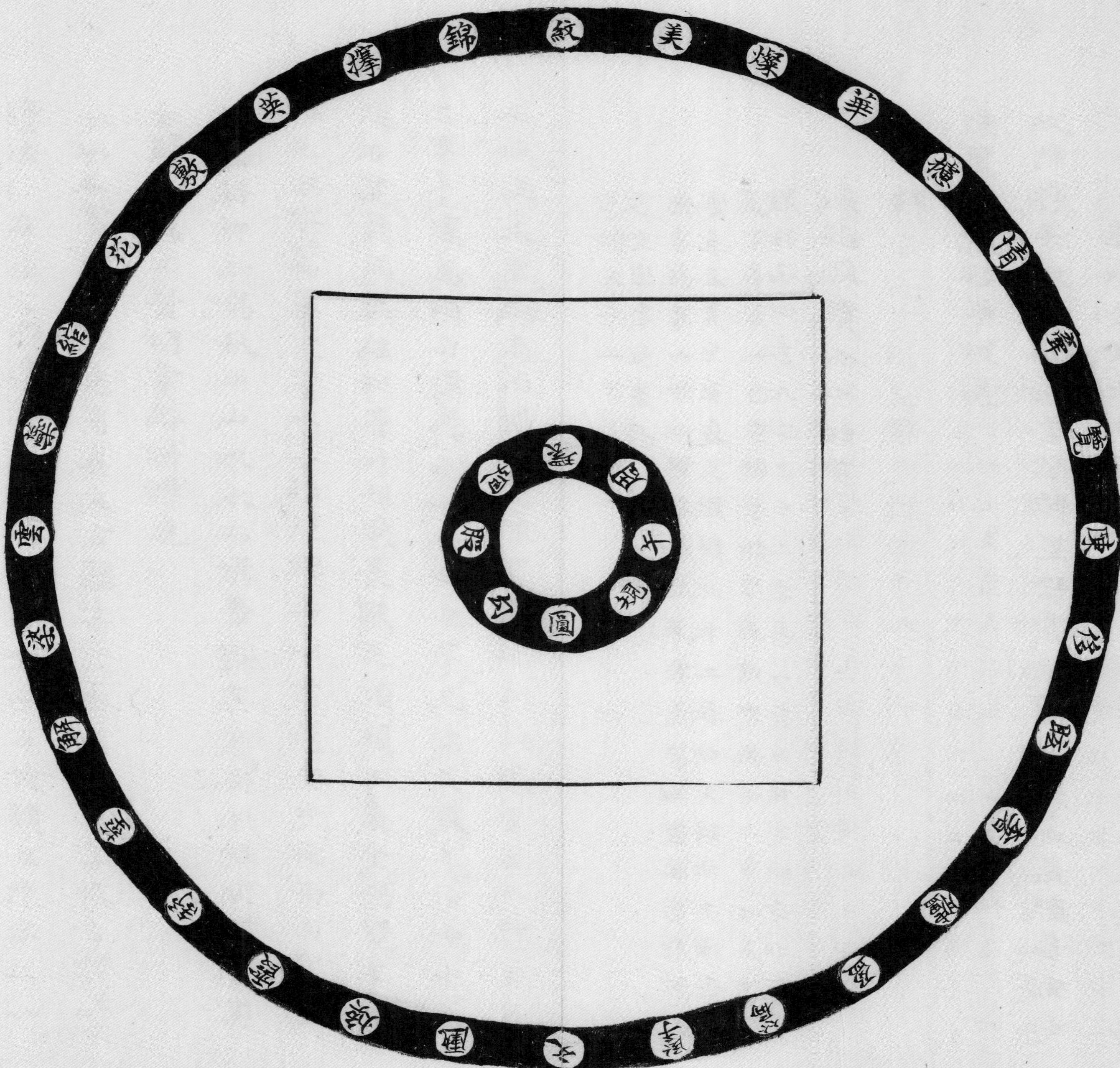
花
數
英
擇
錦
紋
美
燦
華
規
圓

太極乾形錦文釋 一環體動靜而讀如乾無極故曰太極乾形錦之

乾坤全錦大環銘

紋錦擇英敷華綰藻雲染鮮茥舒霞煥壐文擘篇盈臚奢眩侈
陳覽摛情攄華燦美

讀法

滾輪順讀六十四首

鐶銘每四言八句三十二字為一首由紋字向東北讀至美字為第一首由錦字順退至紋字為第二首如是滾輪續退至美字退盡為順讀三十二首由文字向西南讀至壐字為第一首由擘字讀至文字為第二首如是滾輪續退至壐字退盡為逆讀三十二首

交手讀六十四首 後云交手讀者做此

交手讀者如紋錦擇英藻綰華敷雲染鮮茥壐煥霞舒是也如是用前逆字順逆滾輪之法讀之得六十四首

分手讀六十四首 後云分手讀者做此

分手讀者如英擇錦紋敷華綰藻茥鮮染雲舒霞煥壐是也如是用前逆字滾輪順逆之法讀之得六十四首

律呂上下相生順逆讀四千九十六首

律呂上下順相生者如紋文雲陳是也相生一週為第一首如是逆字起首相生至盡為順生三十二首律呂上下逆相生者如紋文陳雲是也相生一週為第一首如是逆字起首相生至盡為逆生三十二首用是上下順逆相生六十四首之法為隔一位上下順逆相生亦六十四首如是隔二位六十四首隔三位六十四首遞至隔三十一位六十四首為四千九十六首順逆相生之數

循環進退順逆讀三千五百八十四首

循環進退順逆讀者讀往讀來隔句用韻每十六句為一首也如上下破環為二循環順逆進退為二首左右破環為二循環順逆進退為二首四隅破環如法讀之又為四首若破環為四如法讀十六首破環為八如法讀三十六首如是破環進退順逆用前滚輪順逆逐字為句六十四首之法讀積三千五百八十四首

斷環對待順逆讀二千四百八十首

斷環對待順逆者隔句法也如隔兩句對讀各八首隔一句順逆對讀又各八首為十六首如是斷環順逆對待用前滚輪順逆逐字為句六十四首之法為二千四百八十首

右太極乾形一圖凡三十二字八卦兩再重之也左十六字為陽右十六字為陰兩儀之動靜也順讀三十二首取乾逆讀三十二首取坤六十四卦之分經也律呂相生至四千九十六首者律歸仲呂而終也循環梭織讀者天氣左旋地氣右旋靜而復動動而復靜陰陽遞嬗互根也斷環對待讀者陰陽各自為用施其變化也分斷為四與八者日月弦望陰曆陽曆之分斷也凡諸理數屬於此圖讀法句讀之中非好傳篇章眩駭人目

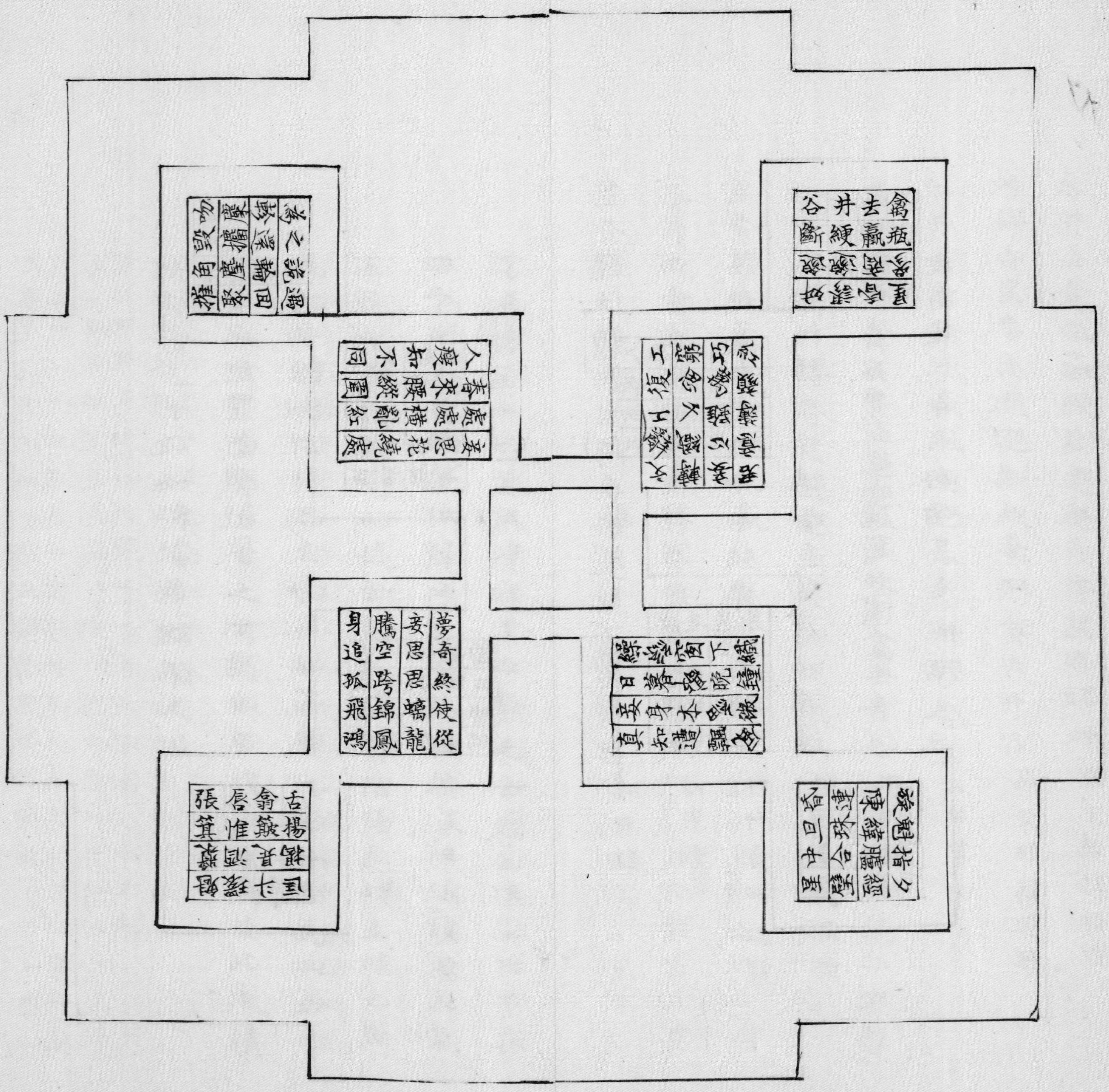

四游錦文釋

谷井去禽瓶羸綆斷邈邈商參星昏謬舛　羅文經緯順讀

舛謬昏星參商邈邈斷綆羸瓶禽去井谷　羅文經緯逆讀

谷井去禽斷綆羸瓶邈邈商參舛謬昏星　左布算讀

星昏謬舛禽毋參商邈邈瓶羸綆斷禽去井谷　右布算讀

谷井去禽舛謬昏星邈邈商參斷綆羸瓶　越阡度陌順讀

谷井去禽邈邈商參舛謬昏星斷綆羸瓶　翻車讀

星昏謬舛禽去井谷瓶羸綆斷參商邈邈　越阡度陌逆讀

星昏謬舛瓶羸綆斷參商邈邈禽去井谷　翻車讀

參商邈邈禽去井谷星昏謬舛瓶羸綆斷　翻車讀

瓶羸綆斷星昏謬舛禽去井谷參商邈邈　翻車讀

禽去井谷斷綆羸瓶參商邈邈舛謬昏星　折帶讀

瓶羸綆斷谷井去禽星昏謬舛邈邈商參　折帶讀

邈邈商參星昏謬舛谷井去禽瓶羸綆斷　折帶讀

參商邈邈舛謬昏星禽去井谷斷綆羸瓶　折帶讀

瓶羸綆斷邈邈商參星昏謬舛谷井去禽　迴腸讀

斷綆羸瓶參商邈邈舛謬昏星禽去井谷　迴腸讀

谷井十六章章四句

塵麋　媢君子以道也蘇氏以婦道自守而奪於陽臺之惑故思以説遇事其君子而終知其不可輾轉商之不能自已而作此詩

讀法同前

塵麋十六章章四句

箕　刺讒也蘇氏傷於陽臺之譖故以箕斗之簸揚比陽臺虛誕之辭

讀法同前

箕十六章章四句

星中　旦暮之思也蘇氏昕夕懷憂感星月之遷邁亦日月居諸之意

讀法同前

星中十六章章四句

雜詩四首

繰絲牕下織日暮敲晚鐘妾身本細微真知遭飄風

右繰絲怨

夢奇終使從妾思思螭龍騰空跨錦鳳身追孤飛鴻

右春夢怨

妾思花繞處處處橫亂紅春來腰縱圍人瘦知不同

右冶遊怨

文辭工復工轉折千思窮妾心雖萬巧君意薄顏紅

右薄命怨

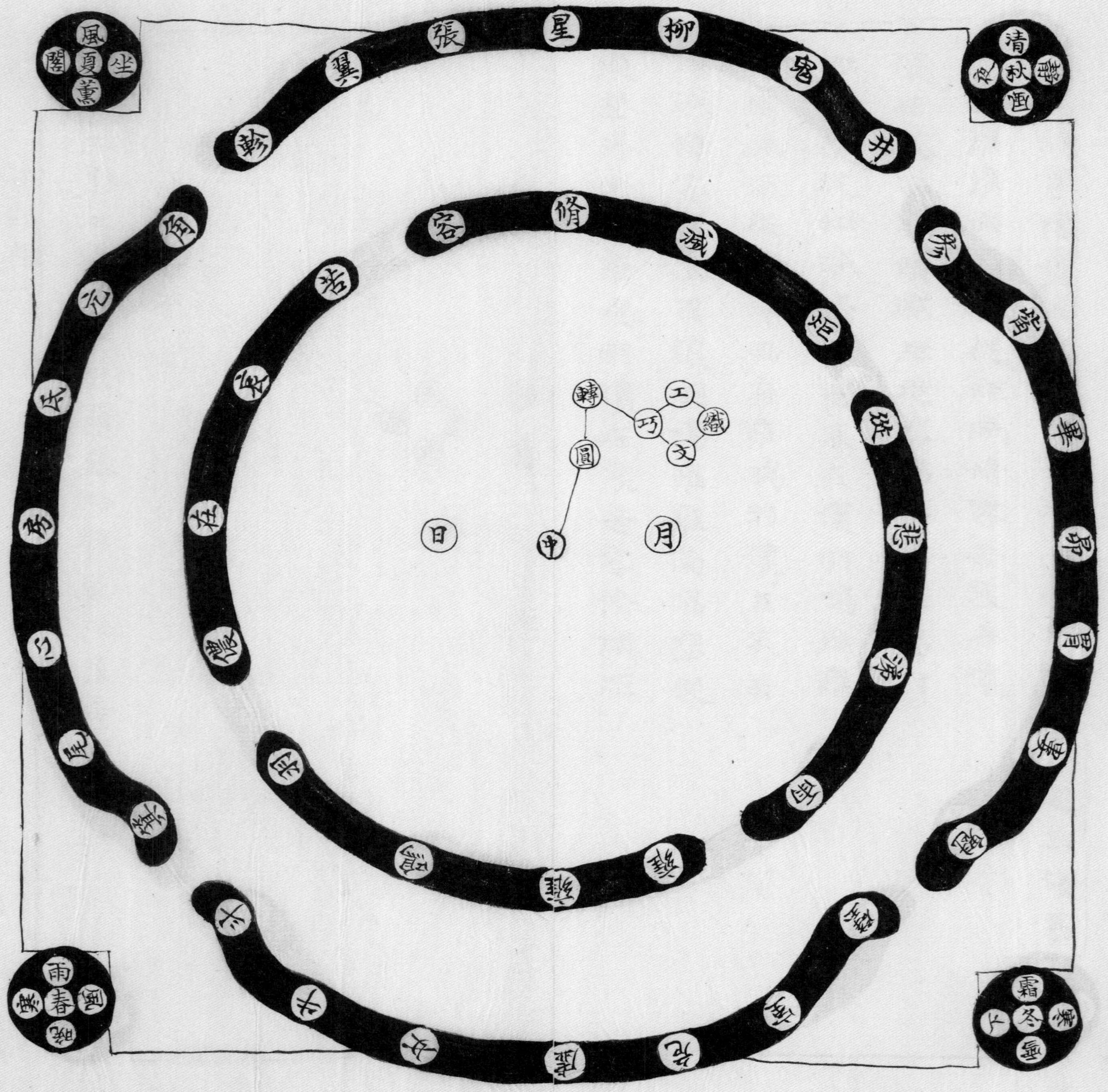
風
坐
夏
薰
閣
清
秋
夜
雨
春
霜
冬
下
軫
翼
張
星
柳
鬼
井
容
脩
減
轉
工
巧
織
文
圓
日
中
月

建辰錦文釋

羽鳴　初去建波也蘇氏脩飾婦容信無違德乃建波靳然棄絶挐陽臺而之任故感雁序之雍雍而自述其傷慕之思

羽鳴雍雍雨涕悲從炬滅脩容苦哀在儂
儂在哀苦容脩滅炬從悲涕雨雍雍鳴羽
雨涕悲從炬滅脩容苦哀在儂羽鳴雍雍
容脩滅炬從悲涕雨雍雍鳴羽儂在哀苦
炬滅脩容苦哀在儂羽鳴雍雍雨涕悲從
從悲涕雨雍雍鳴羽儂在哀苦容脩滅炬
苦哀在儂羽鳴雍雍雨涕悲從炬滅脩容
雍雍鳴羽儂在哀苦容脩滅炬從悲涕雨

羽鳴八章章四句

讀法

循環進退順逆讀八章章八句

循環進退順逆讀者如羽鳴雍雍雍雍鳴羽是也如是順逆讀之得八章

循環進退疊帶順逆讀八章

循環進退疊帶順逆讀者如羽鳴雍雍儂在哀苦苦哀在儂容脩滅炬是也如是順逆讀之得八章

四景閨詞

風晚寒春雨風寒晚雨春春寒風雨晚風雨晚寒春寒雨春風
晚晚風寒雨春寒春晚風雨寒晚雨風春
右賦得春寒風雨晚

讀法

穿心讀律絕八首
穿心讀者用春字叶韻也律一首絕句二首順逆卸環律成四首絕成四首

抽心讀律絕三十二首
抽心讀者用外四字叶韻也律四首絕八首順逆卸環律成十六首絕成十六首

蓮風清夏午蓮午夏風清風午蓮清夏蓮風午夏清風蓮清午
夏蓮夏午風清清夏蓮風午午蓮風夏清
右賦得蓮風午夏清　讀法同前

秋靜風清夜清風靜夜秋風清秋夜靜清靜夜風秋風夜秋清
靜靜風清夜秋秋風靜清夜風靜夜清秋
右賦得秋夜靜清風　讀法同前

冬寒霜雪下霜雪下寒冬冬下寒霜雪寒霜雪下冬冬霜寒雪
下寒下雪霜冬冬雪霜寒下雪寒霜下冬
右賦得霜雪下寒冬　讀法同前

圓轉文中工巧織轉圓工巧織文中文工巧織中圓轉文轉中

圓織巧工工巧圓中文轉織織文工巧轉圓中工圓織巧文中轉圓巧文中織轉工

右織錦詩北斗星文體

讀法

弈棋讀律絶五十六首 奕棋每字叶韻平律仄律共七首絶之為絶句十四首律絶各用順逆卻環之法讀律成二十八首絶成二十八首

角亢氐房心尾箕斗牛女虛危室壁魁婁胃昴畢觜參井鬼柳星張翼軫

右二十八宿歌

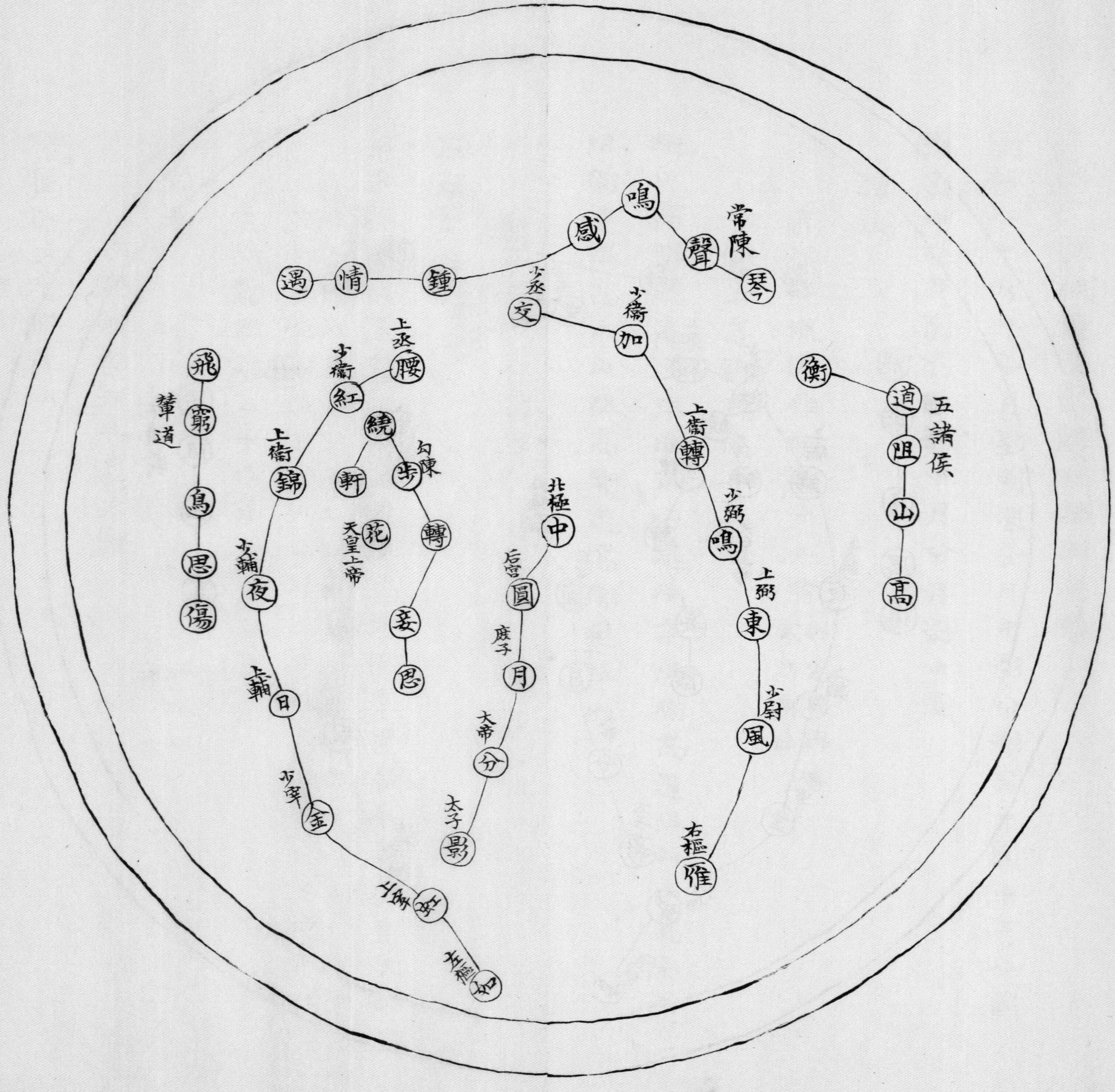
鳴
感
聲
琴
常陳
遇
情
鍾
少丞
交
少衛
加
衡
道
阻
山
高
五諸侯
飛
窮
鳥
思
傷
輦道
上丞
腰
少衛
紅
繞
上衛
錦
軒
步
勾陳
天皇上帝
花
轉
少輔
夜
妾
恩
上輔
日
少宰
金
左樞
北極
中
后宮
圓
庶子
月
大帝
分
太子
影
上衛
轉
少弼
鳴
上弼
東
少尉
風
右樞
雁

紫薇錦文釋

詠破鏡重圓詩北極五星體

圓影分中月中分月影圓圓分月中影分影月十圓中月分圓

影影中分月圓圓分影中月分月影中圓

讀法

弈棋卸環讀律絶三十二首與建長錦春寒詩同法

衡山高詩諸侯五星體

衡山高阻道高道阻衡山山道衡高阻衡高道阻山山高衡道

阻衡道阻高山山阻高衡道高衡道阻山

讀法

同前

窮鳥怨

窮思傷飛鳥思傷窮鳥飛窮飛傷鳥思傷鳥思窮飛

讀法

弈棋卸環讀十首每字叶韻

詠風雁右蕃七星體

鳴雁交加東轉風風鳴交轉雁加東東鳴風雁交加轉東轉交

加鳴雁風

讀法

弈棋讀七首每字為韻

錦纏腰詩右蕃八星體

金錦如虹紅夜日日腰紅錦夜如虹夜腰金錦紅如日腰錦如
虹日夜紅

讀法

弈棋御環讀十四首每字為韻

聽琴常陳七星體

琴遇鍾情鳴感聲琴聲鳴感遇鍾情鍾情琴遇鳴聲感聲遇鍾

讀法

同前

窮鳥怨

窮思傷飛鳥思傷窮鳥飛窮飛傷鳥思傷鳥思窮飛

讀法

奕棋御環讀十首每字叶韻

詠風雁右蕃七星體

鳴雁交加東轉風風鳴交轉雁加東東鳴風雁交加轉東轉交
加鳴雁風

讀法

弈棋讀七首　每字為韻

錦纏腰詩右番八星體

金錦如虹紅夜日日腰紅錦夜如虹夜腰金錦紅如日腰錦如

虹日夜紅

讀法

弈棋卸環讀十四首　每字為韻

聽琴常陳七星體

琴遇鍾情鳴感聲琴聲鳴感遇鍾情鍾情琴遇鳴聲感聲遇鍾

情琴感鳴

讀法

弈棋讀七首

花門軒閒步

步轉花軒思繞妾繞軒轉步妾花思花軒繞步妾思轉妾繞花

軒步轉思

讀法

弈棋卸環讀十四首

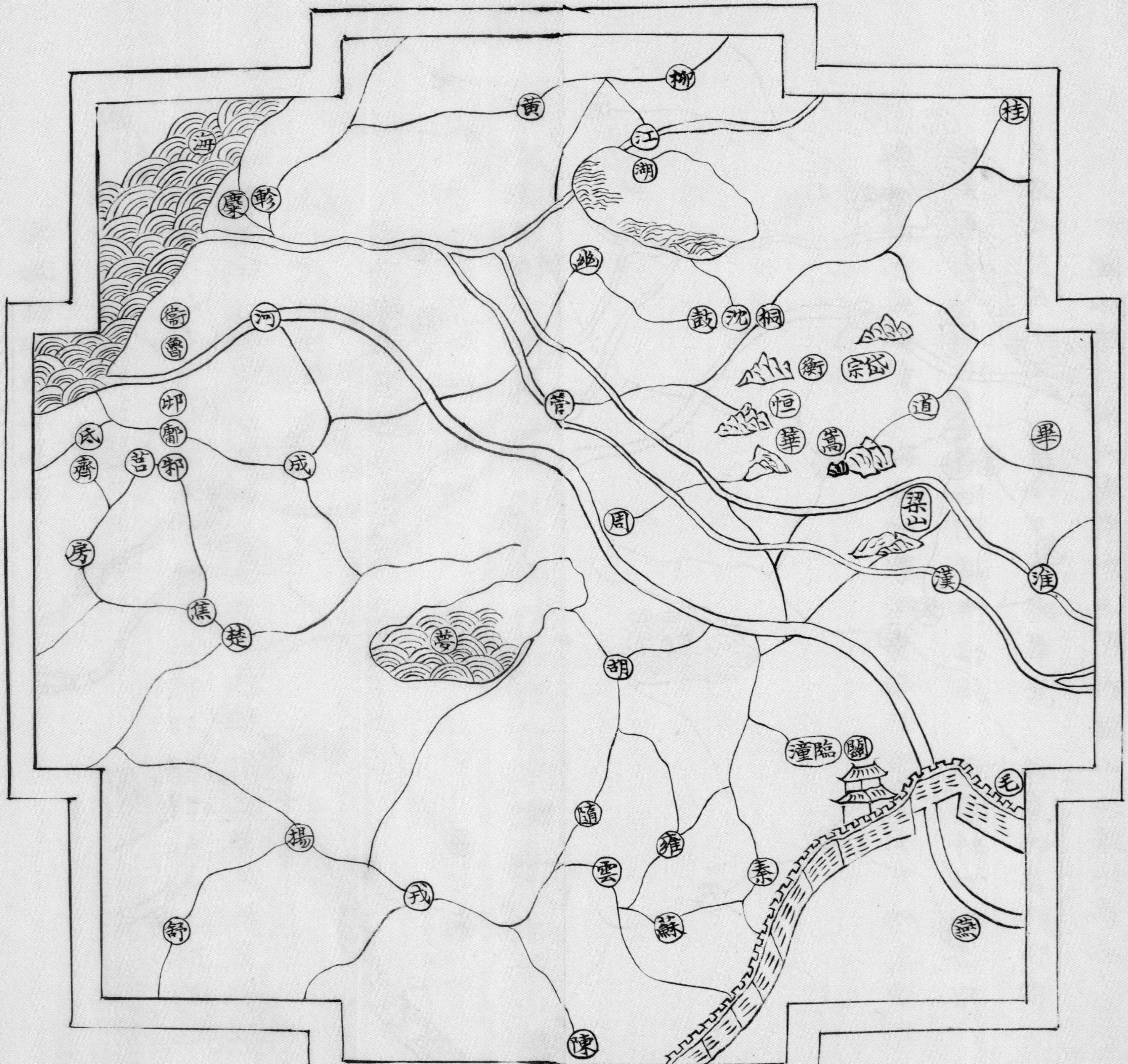
海
黄
柳
江
湖
桂
軫
鼓
沈
桐
衡
恒
華
嵩
道
畢
梁山
河
營
周
成
齊
莒
房
焦
楚
夢
漢
淮
胡
臨潼關
毛
雍
雲
秦
揚
戎
蘇
舒
陳

山河錦文釋

關山歌　蘇氏感連波之隔作關山之歌以寄志

周陳齊楚幽燕雍　魯衛毛畢衡華嵩　軫麇郴莒成邛鄘

江黄焦氏沈鼓桐　蘇胡隨揚荆舒戎　管房桂柳恒岱宗

梁山關道秦臨潼　海淮河漢湖雲夢

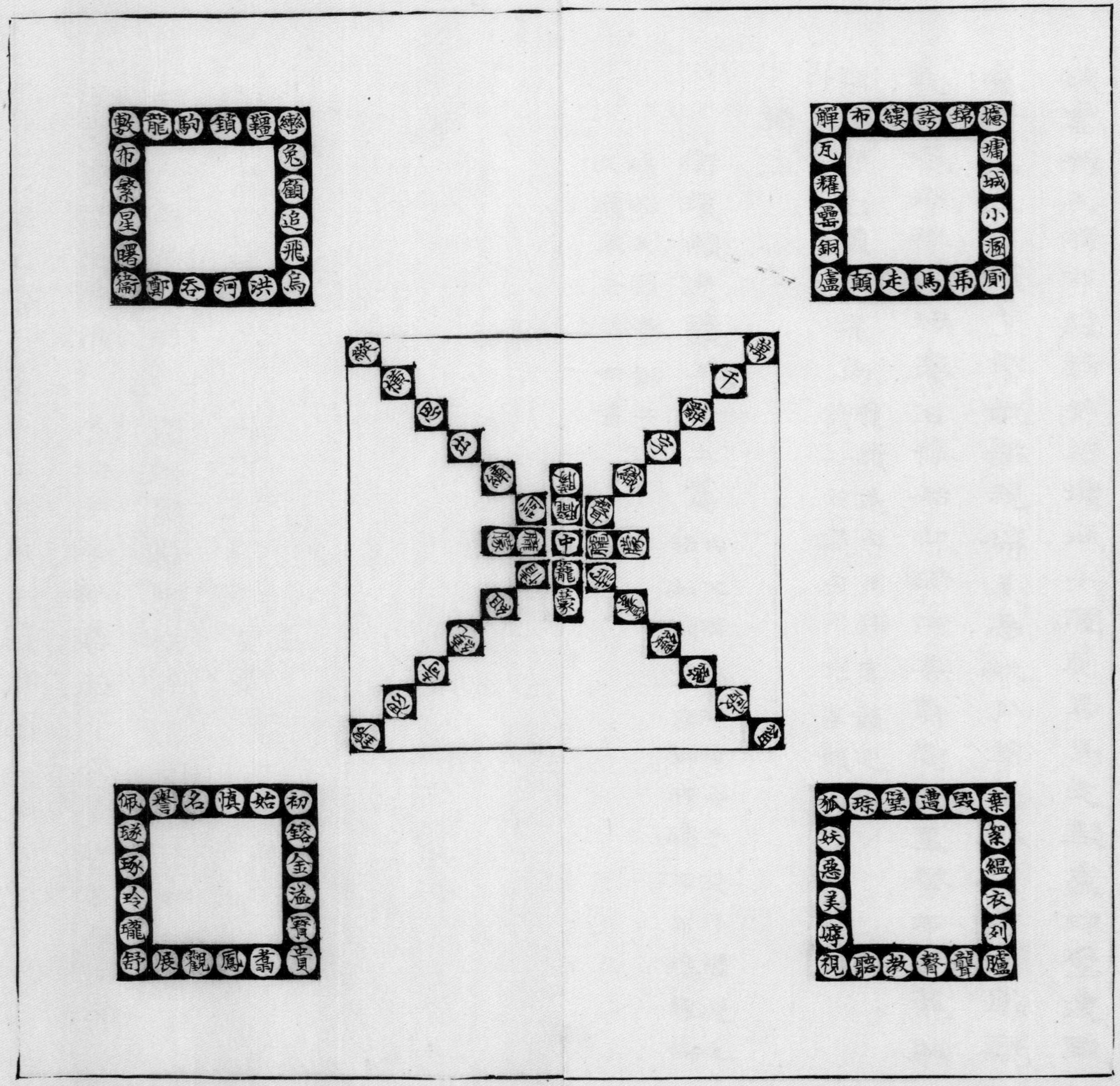
數龍駒鎖韁轡
兔額追飛烏
布紫星曙
解布縷誇錦擒
擁城小涵厠
盧顛走馬弗
瓦耀疊銅
佩譽名慎始初
鎔金溢寶賁
舒展觀鳳藹
璲琢玲瓏
孤琮璧遺毀棄
架組衣列臚
妖惡美嫭
中

四維錦文釋

(四隅相維繫而讀如坤之四維故曰四維錦)

言志

銅疊耀瓦解布縷誇錦檍墉城小溷廁鳥馬走顛盧璞璧遺毀
棄絮縕衣列臚聾聱教聽視婷美惡妖孤鎔金溢寶貴翁鳳覲
㐲舒瓏玲琢璲珊響名慎始初洪河呑鄭衡曙星繁布數龍駒
鎖韁彎免顧追飛鳥順讀退句用解字韻逆讀一首退句用免字韻

讀法

衡環順逆讀三十二篇內又有上下句分手交手順逆之法如銅疊檍錦誇縷布布縷誇錦檍解瓦耀疊銅二法又讀成六十四首

衡環順讀者四環連轉如銅疊至飛鳥為一篇布縷至瓦解為一篇墉城至錦檍為一篇鳥馬至溷廁為一篇如是遞次衡環至免顧一篇為順讀十六篇衡環逆讀者如飛鳥至疊銅為一篇彎韁至顧免為一篇數布至駒龍為一篇衡鄭至星曙為一篇如是遞次卸環至瓦解為逆讀十六篇

每方順逆讀三十二首內又有上下句分手交手順逆之法又讀成六十四首

每方讀者四隅各自成首就一環中順逆退讀四句為一首也一環得八首四環得三十二首

兩方對待順逆退句讀九十六首內又有上下句分手交手順逆之法又讀成一百七十二首

雙環對待讀者兩環相對八句為一首也如左上右下兩環連對讀順逆退句十六首左下右上兩環連對讀順逆退句十六首左兩環自相連對讀順逆退句十六首右兩環自相連對讀順逆退句十六首上兩環自相連對讀順

逆退句十六首下兩環自相
連對讀順逆退句十六首

三方句帶順逆退句讀九十六首內又有上下句分手交
手順逆之法又讀成一
百七十
二首

三方句帶順逆讀者三環相連十十句為一首每三環
順逆為二十四首轉相五帶為三環者四共九十六首

蒙龍長謠

錦思奇繞組情中朦朧細款絲縷纂詩中蒙蘢萬千辭字織聲
中朦朧縱横思出繡詞中朦朧

讀法

滚輪順逆讀四十八首

滚輪順逆讀八首用蒙龍之字裝於句首又為八首四蒙
龍換借又為八首讀蒙龍為龍蒙如上法讀之又為二十
四首

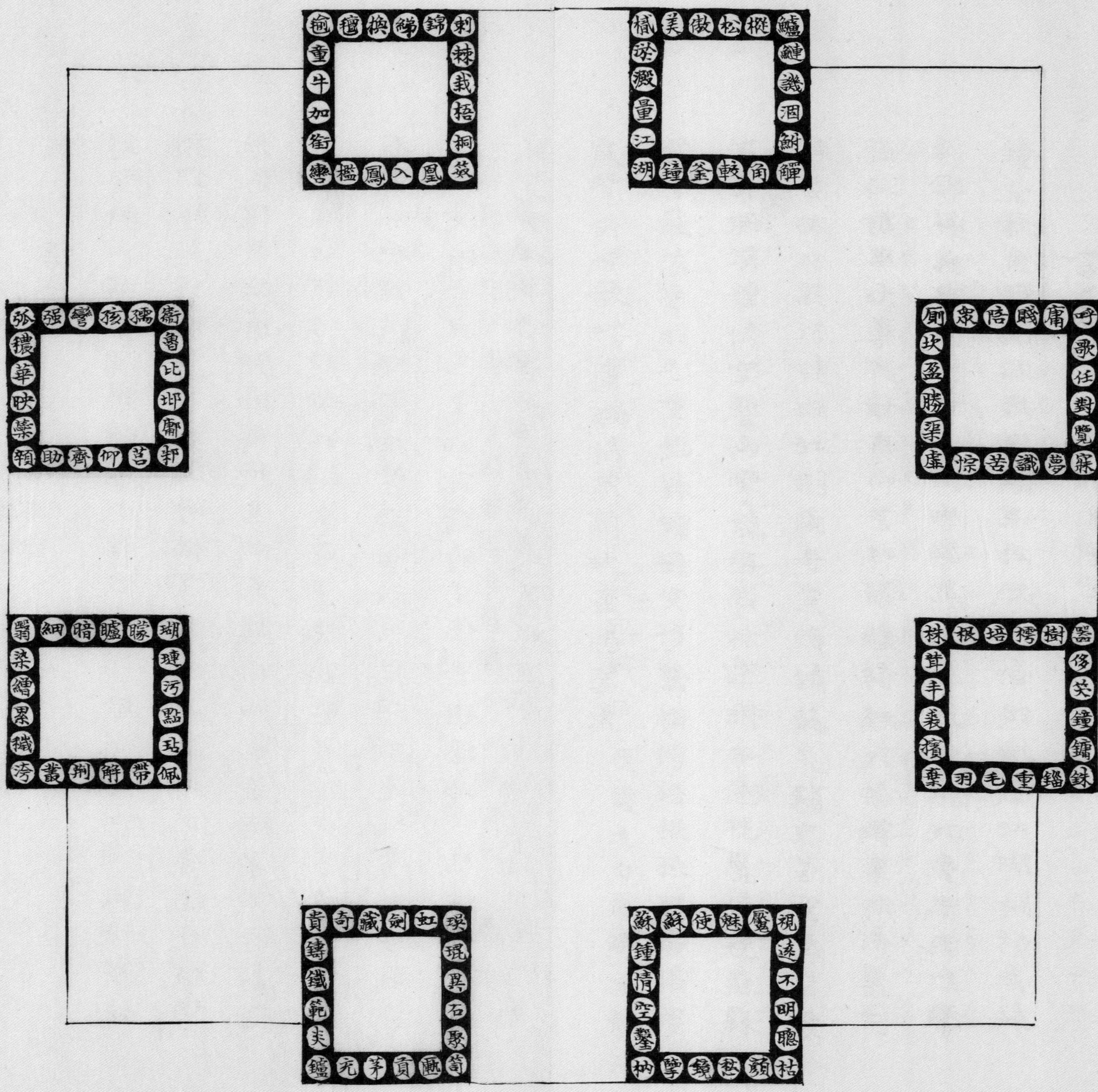

八索坤形錦文釋八方相連索而讀如坤之八索故曰八索坤形錦

言志序見三花方勝錦文釋

鍾釜較角觶紨洄識縺鱸樅松傲美積淤溉量江湖桐梧栽棘
刺錦綈換壇瑜畫牛加銜纏檻鳳入凰莎膚圳比魯衛孺孩彎
強孤穠華映藻穎助齊仰菖邦曚矑暗細翳染縉累織涔叢荊
觧帶佩玷黙汚璉瑚虹劍藏奇貴鑄鐵範炎鑪充茅貢匭筍聚
石異琨瑛鍾情空鑿衲擘鏡愁顏枯聰明不遠視魔魁使蘇蘇
茸丰裘擯棄羽毛重錙銖鏞鍾笑侈罳樹楞培根株惊苦識夢
寐覽對任歌呼庸賤陪衆厠坎盈勝渠虛順讀退句用觶字韻

又逆讀一首退句用坎字樹字換韻

讀法

銜環順逆退句讀六十四篇內又有上下句分手交手順逆之法又讀成一百二十六首

銜環順退句讀者八環連轉如鍾釜至渠虛為一篇紨洄至角觶為一篇樅松至縺鱸為一篇淤溉至美積為一篇如是遞次銜環至坎盈為順讀三十二篇銜環逆退句讀者如虛渠至釜鍾為一篇厠衆至盈坎為一篇呼歌至賤庸為一篇寐夢至對覽為一篇如是遞次銜環至觶角為逆讀三十二篇

每環順逆退句讀六十四首內又有上下句分手交手順逆之法又讀成一百二十八首

每環退句順逆讀者就一環中順逆退讀四句為一首也一環得八首八環得六十四首

兩環對待順逆退句讀三百八十四首

內又有上下句分手交手順逆之法

又讀成七百六十八首

兩環對待順逆退句讀者兩環相對八句為一首也如東兩環相對順逆退句十六首西兩環相對順逆退句十六首南兩環相對順逆退句十六首北兩環相對順逆退句十六首東南兩環對待順逆退句十六首南西兩環對待順逆退句十六首西北兩環對待順逆退句十六首北東兩環對待順逆退句十六首左上一環與右下一環對待順逆退句十六首右上一環與左下一環對待順逆退句十六首上左一環與下右一環對待順逆退句十六首下左一環與上右一環對待順逆退句十六首左上一環與下右一環對待順逆退句十六首左下一環與下右一環對待順逆退句十六首下左一環與右下一環對待順逆退句十六首下右一環與右上一環對待順逆退句十六首右下一環與上右一環對待順逆退句十六首右上一環與上左一環對待順逆退句十六首上右一環與左上一環對待順逆退句十六首上左一環與左下一環對待順逆退句十六首左上右上兩環對待順逆退句十六首左下右下兩環對待順逆退句十六首上左下左兩環對待順逆退句十六首上右下右兩環對待順逆退句十六首

四環對待順逆退句讀二百五十六首

內又有上下句分手交手順逆之法

又讀成五百十二首

四環對待順逆退句讀者兩雙相對十六句為一首也上下四環對待順逆退句三十二首左右四環對待順逆退句三十二首東南西北四環對待順逆退句三十二首西南東北四環對待順逆退句三十二首共一百二十八首

如是再用四環參差對待退句之法又得一百二十八首

六環對待順逆退句讀三百八十四首内又有上下句分手交手順逆之法又讀成七百六十八首

六環對待順逆讀者三三相對二十四句為一首也對待順逆退句為四十八首八位遞轉為三三相待之法順逆退句共三百八十四首其參差之法不計

八環對待順逆退句讀六百四十首内又有上下句分手交手順逆之法又讀成一千二百八十首

八環對待順逆讀者四四相對三十二句為一首與衙環順逆法異也順逆退句為六十四首八位遞轉為四四相對之法順逆退句共五百十二首又四四參差即對一百二十八首

五環勾帶順逆退句讀三百二十首内又有上下句分手交手順逆之法又讀成六百四十首

五環勾帶順逆退句讀者二十句為一首也順逆退句四十首八位遞轉為五環勾帶順逆退句之法共三百二十首

六環勾帶順逆退句讀三百八十四首内又有上下句分手交手順逆之法又讀成七百六十八首

六環勾帶順逆退句讀者二十四句為一首也順逆退句四十八首八位遞轉為六環勾帶順逆退句之法共三百八十四首

七環勾帶順逆退句讀四百四十八首内又有上下句分手交手順逆之法又讀成八百九十六首

七環句帶順逆退句讀者二十八句為一首也順逆退句為五十六首八位遞轉為七環句帶順逆退句之法共四百四十八首

右八索坤形一圖與太極乾形相為表裏名曰索者索為數至盡極萬物之滋生也太極以三十二字為八卦再重之數成順逆六十四首如乾坤之變八索則以三十二字為八卦再重之數成順逆六十四首乾坤之變太極以一字而變物物一乾也八索以五字成句而變物物一五行也太極動靜互根生萬物之數八索靜中有動成萬物之象錯綜參伍方圖之理盡寄諸圖句讀中矣

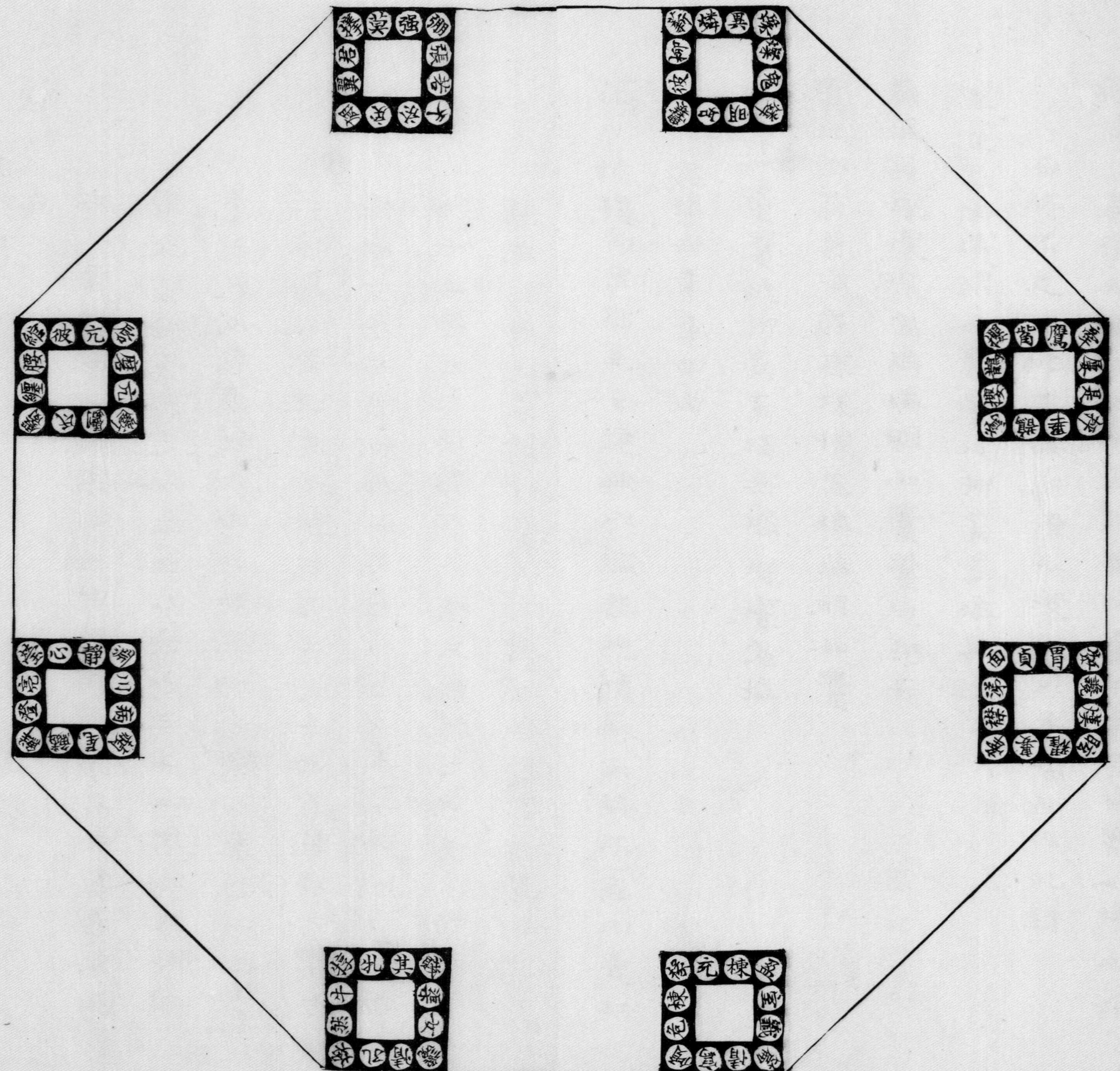

八寅錦文釋

鬼燐 妾倖之逼正嫡也蘇氏謂陽臺以貳室任寵如燐之焰而終不足以比正室薪燈之燦故以為喻而作此詩

燦燦鬼燐燐明如虋虋彼柳薪薪燐異燦 銜尾讀

薪燐異燦燦燦鬼燐燐明如虋虋彼柳薪

虋彼柳薪薪燐異燦燦鬼燐燐明如虋

燐明如虋虋彼柳薪薪燐異燦燦鬼燐

鬼燐四章章四句

摮 情絕而思留之也連波以纖怨絕情蘇氏終不忍以愛好之絕故以摮翢為喻亦鄭詩摻手之意角弓翩反之遺音也

摮君翼翃翃戾於天天若張翢翢強莫摮

摮四章章四句 讀法如前

綰 嫉讒也蘇氏惡陽臺之讒欲斷元而磨其唇亦甚於射虎之投矣

綰彼元唇唇磨元斷斷劉氏嚚嚚纏腰綰

綰四章章四句 讀法同前

赬鱗 怨讒而情病也蘇氏被譖益修抑莊姜之秉心塞淵者

歟

鮮鱗尾赬赬病川淵淵靜心瑩瑩亮澄鮮

赬鱗四章章四句　讀法同前

牛犉　罟讒也蘇氏以陽臺微賤之寵故以牝牛為比而深惡

其能讒也

煥然牛犉犉牝其賤賤渠女讒讒情孔煥

牛犉四章章四句　讀法同前

篙箴　譖言之多也蘇氏以陽臺緝緝之譖亦若篙箴盈室之

多家壞不支託情篙而寄怨也

篙箴室盈盈棟充椽椽棟危傾傾寫情篙

篙箴四章章四句　讀法同前

婁窣　讒佞之容也蘇氏謂譖怨之人眩耀其美婁窣其情託

涕泗以將膚受之愬故其腹胃之姦可燭而知也

眩耀婁窣窣褋涕泗面面貞胃姦姦讒熯眩

婁窣四章章四句　讀法同前

窣鷹　用讒也鷹隼之搏有聲之者以教其虐故鳶鶚殫而抨

巧不弛亦責怨連波之意

窣鷹嘴攖攖鶡攖鳶鳶鶚畢抨抨是屢窣

牽鷹四章章四句讀法同前

讀法

銜尾滾輪讀三十二篇

銜尾滾輪讀者統八方為一篇篇名同前用四章三十二句為一篇也如是滾輪為四八三十二篇

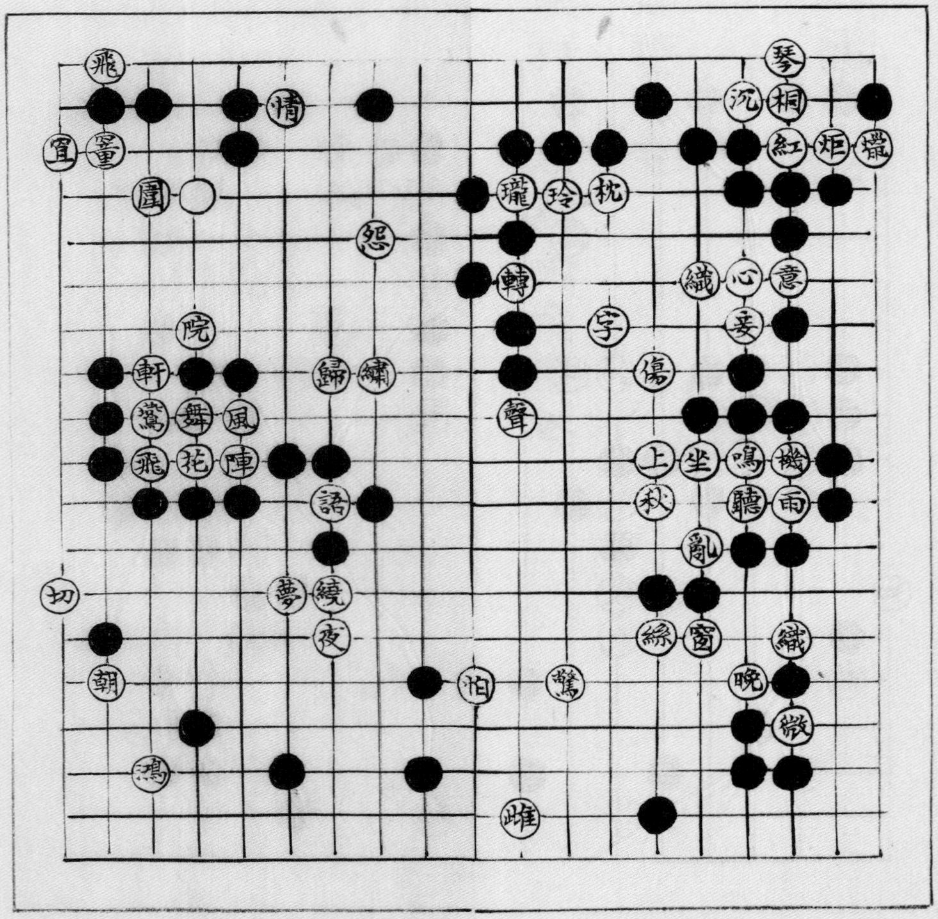

圍枰錦文釋第一局

秋思

紅絲亂轉怕鳴機晚坐秋軒繞繡圍風燕語窗花織織雨鴻驚陣字飛飛鼍（疊）冥怨意朝雌舞炬熾傷心夜夢歸桐院沉聲琴聽切瓏玲枕上妾情微順讀

又逆讀一首

讀法

弈棋讀二首

右圍枰一局無文者得勢

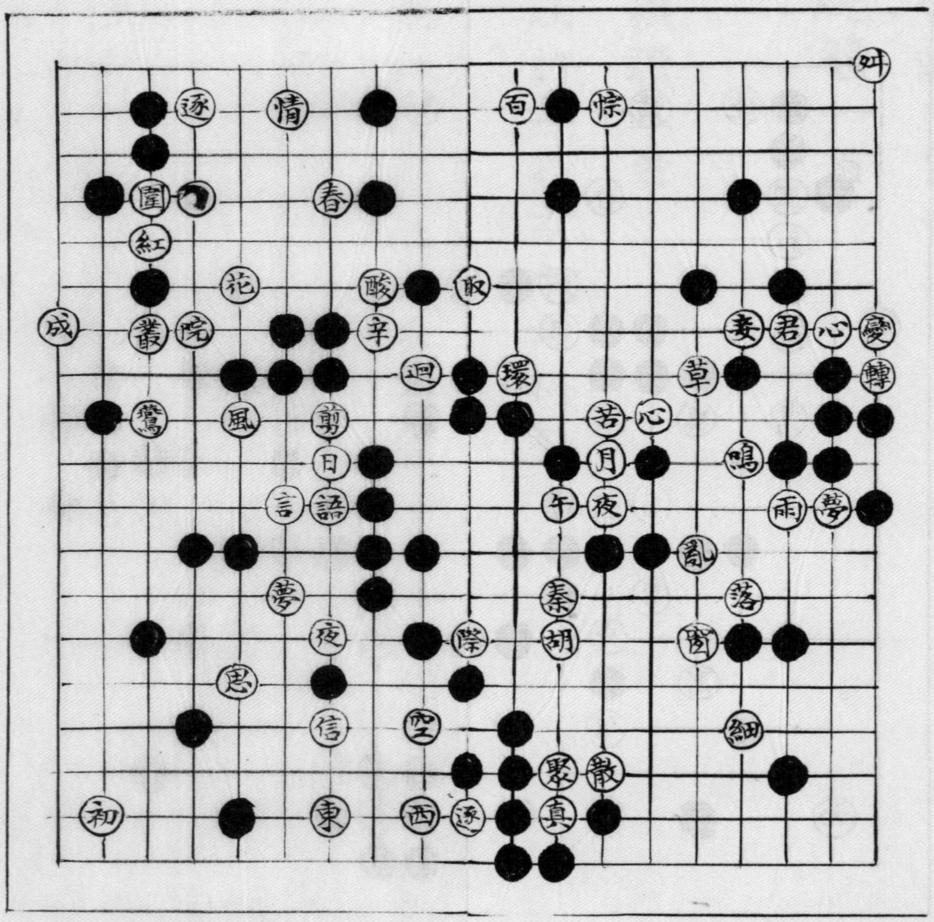
逐 情 百 悰
圍 春
紅
花 酸
成 叢 院 辛 妻 君 心 憂
迴 環 草 轉
鶯 風 剪 苦 心
日 月 鳴
言 語 年 夜 雨 夢
亂
夢 秦 落
夜 際 胡
信 空 細
聚 散
初 東 西 真

圍枰錦文釋第二局

春情

奉胡日外夢成空逐逐情圍細草叢春院落紅花聚散午窗鳴

雨鷲西東君思夜夜廻環月妾苦心心亂剪風真際語言初信

取辛酸變轉百憂悰順讀

又逆讀一首

讀法

弈棋讀二首

右圍枰一局有文者得勢

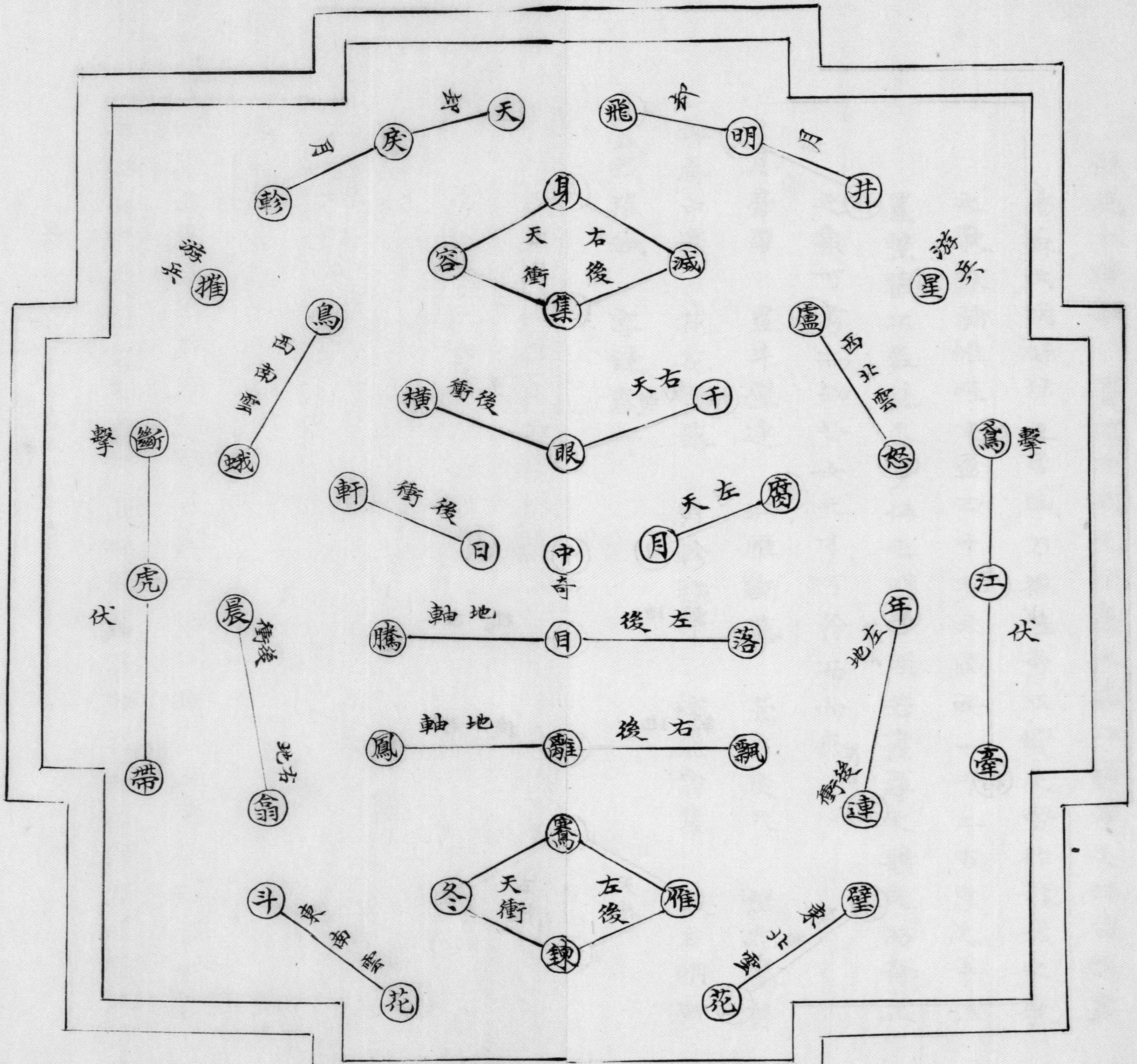
天
庚
月
軫
飛
明
月
井
身
容
天衝
右後
滅
集
游兵
摧
星
游兵
烏
西南雲
蛾
盧
西北雲
怒
橫
衝後
眼
右天
千
斷
擊
鳶
擊
軒
衝後
日
月
天左
腐
中
奇
虎
伏
江
伏
晨
衝後
地軸
騰
目
左後
落
年
地左
地軸
鳳
離
右後
飄
地右
帶
翁
衝後
連
牽
騫
冬
天衝
左後
雁
鍊
斗
東南雲
花
壁
東北雲
花

龍飛八陣錦文釋

龍飛八陣歌　竇滔文武之才秦王委以將軍之任留鎮襄陽蘇氏明師律之否臧乃揣握奇正變之勢作龍飛之歌之歌獻諸帷幄文盈四十有六藏於一千二百字之中位置整嚴不差銖黍步伍之明井然若畫尋文讀之而奇正之象可考而知賢女之才可矜而尚矣

日月牽帶　星斗璧連　江雁斷落　鳶肩戾天　怒虎騰身
雛鳳中騫　花花蠆落　井軫橫千　蛾飛翕集　眼目明軒
廬戎摧滅　容鍊晨年

右龍飛一圖乃握奇八陣之一有雲無風後之分變也天衡地軸碁布中宮以左後天衡四隊列前為首以右後天衡四隊列後為尾以東南東北雲列左後天衡為兩翼以西南西北雲列右後天衡為兩翼以左右地後衡為中宮之衛游兵擊伏蜿蜿蝹蝹此全奇之第五變也歌十二句贊此圖正變之形歌四十八字盡此圖體用之法若欲覽全奇之動靜考方圓曲直之勢則尋是圖八花字之位衡軸在中門戶如井古今營陣之法無不具於斯也

大交龍錦文釋

爁炬吟

紅淚流殘爁炬紅桐琴掛細蛛絲蟲蛩鳴悽惻感幽衷蹤滅聲

淪沉鼓鐘悰憂百集交脅胸手顏端飭整儀容鍾情孤逐西飛

蓬順讀

飛蓬吟逆讀

罝罿吟

終始乖離情苦同罿罝縶羽看飛翀窮禽羈鳥困幽叢中哀慘

如突擊攻對菲擷取棄斷傭恫思焦傷悲切儂攏簾朝映日曈

曨順讀

曈曨吟逆讀

驄馬吟

驄馬征邊傳羽鴻鴻飛絕徼出從戎冬春交氣天和融鐘鳴樂

歌鶯花叢東分西逐雌隨雄同飛棲宿鳴雍雍饔飧徹廢心情

傭順讀

饔飧吟逆讀

秦關吟

通使秦關犯雨風潼臨關繞交流衝從巃高險絕驛騄空湯交

飄哀思窮仲思憂擾心惛懵重山梁阻隔君從嵩華恒嶽衡岱

宗 順讀

梁山吟 逆讀

轆轤行 統前八篇之文另題曰轆轤行

紅淚流殘燭炬紅桐琴掛網蛛絲蟲蛩鳴悽惻感幽衷蹤滅聲

淪沉鼓鐘悰憂百集交胷胸手顏端飭整儀容鍾情孤逐西飛

蓬終始乖離情苦同壘宜繫羽看飛翀窮禽羈鳥困幽叢中哀

慘如突擊攻對菲擷取棄厮傭恫思憂傷悲切儂攏簾朝映日

曈曨驄馬征邊傳羽鴻鴻飛絕徼出從戎冬春交氣天和融鍾

鳴樂歌鶯花叢東分西逐雌隨雄同棲飛宿鳴雍雍饔飧徹饜

心情慵通使奉關犯雨風潼臨闕繞交流衡嶽巃高險絕驟騄

空澤交飄哀思窮仲思憂擾心惛懵重山關阻隔君從嵩華恒

嶽衡岱宗

又逆讀一首

縱連斷續順逆讀五十六篇

讀法

縱連斷續讀者四龍頭尾交接縱連而讀每卸一句順逆成五十六篇

蹇整飭端顏身
率循循
脩儀飾
飾淑慎恭賢倫讒
連波信毀毁
浸

小文龍錦文釋

魚魚　遇讒而不能合也蘇氏傷於讒而不獲從行故秣馬而悲詩之怨而不怒者歟

順讀

魚魚秣馬悲傷焦思余在蔞菲貝錦成詞如何人斯袖掩蛾眉

逆讀

眉蛾掩袖斯人何如詞成錦貝菲蔞在余思焦傷悲馬秣魚魚

魚魚二章章六句

鶩鴽　傷失儷也蘇氏思念良人感水鳥之匹而作此詩

順讀

鶩鴽雁鶩鳴宿棲飛和雍騫舞鸞皇羽儀歌詩比興形睽影離

逆讀

離影睽形興比詩歌儀羽皇鸞舞騫雍和飛棲宿鳴鶩雁鴽鶩

鶩鴽二章章六句

騅駓　思遠也連波遠隔山梁蘇氏思之亦我馬元黃之意

順讀

迢迢遠塵隔阻梁山朝悲暮宿騅駓嘽嘽飄零音耗沉浮歲年

年歲浮沉耗音零飄嘽嘽駓騅宿暮悲朝山梁阻隔塵遠迢迢

逆讀

騅馯二章章六句

循循　能自修也蘇氏淑慎恭賢而不免於讒故作此詩

循循率履整飭端顏身修儀飾淑慎恭賢淪讒浸毀毀信波連

順讀

連波信毀毀浸讒淪賢恭慎淑飾儀修身顏端飭整履率循循

逆讀

循循二章章六句

讀法

絲連順逆讀八篇

絲連順逆讀者統四龍為一篇篇名同前四章二十四句為一篇也如是順逆凡八篇

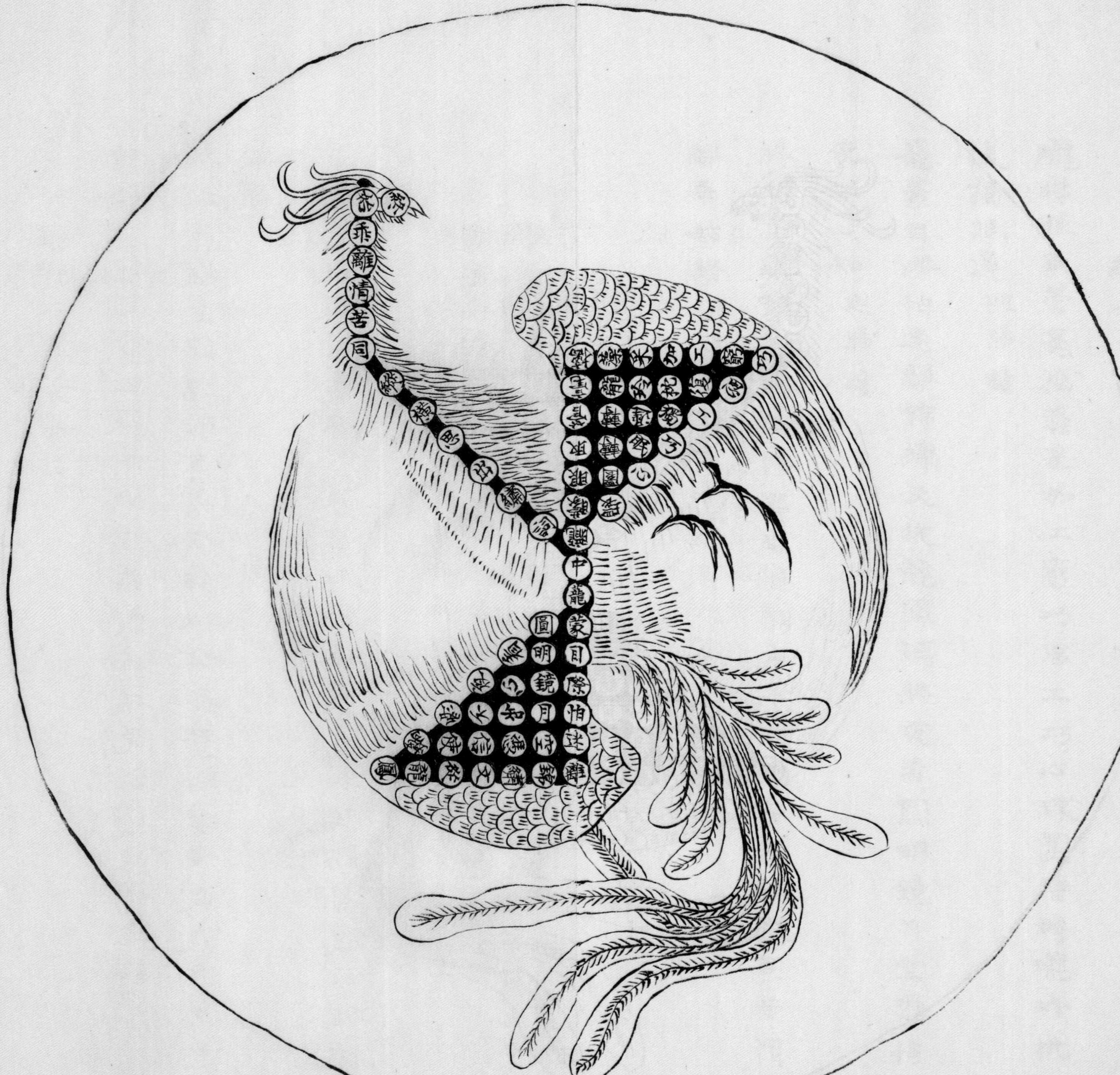

鳴鸞錦文釋

絕句

曨矇眼取管毫摛藻采加工窮巧思工巧心環圍轉轉瓏玲枕

復獨眠遲迴腸讀

蘢蓯目際怕迷離錦繡文從龍鳳嬌終夜看圓明鏡月空憑信

使不心知迴腸讀

終始乖離情苦同縱橫思出繡詞中中詞繡出思橫縱同苦情

離乖始終往來讀

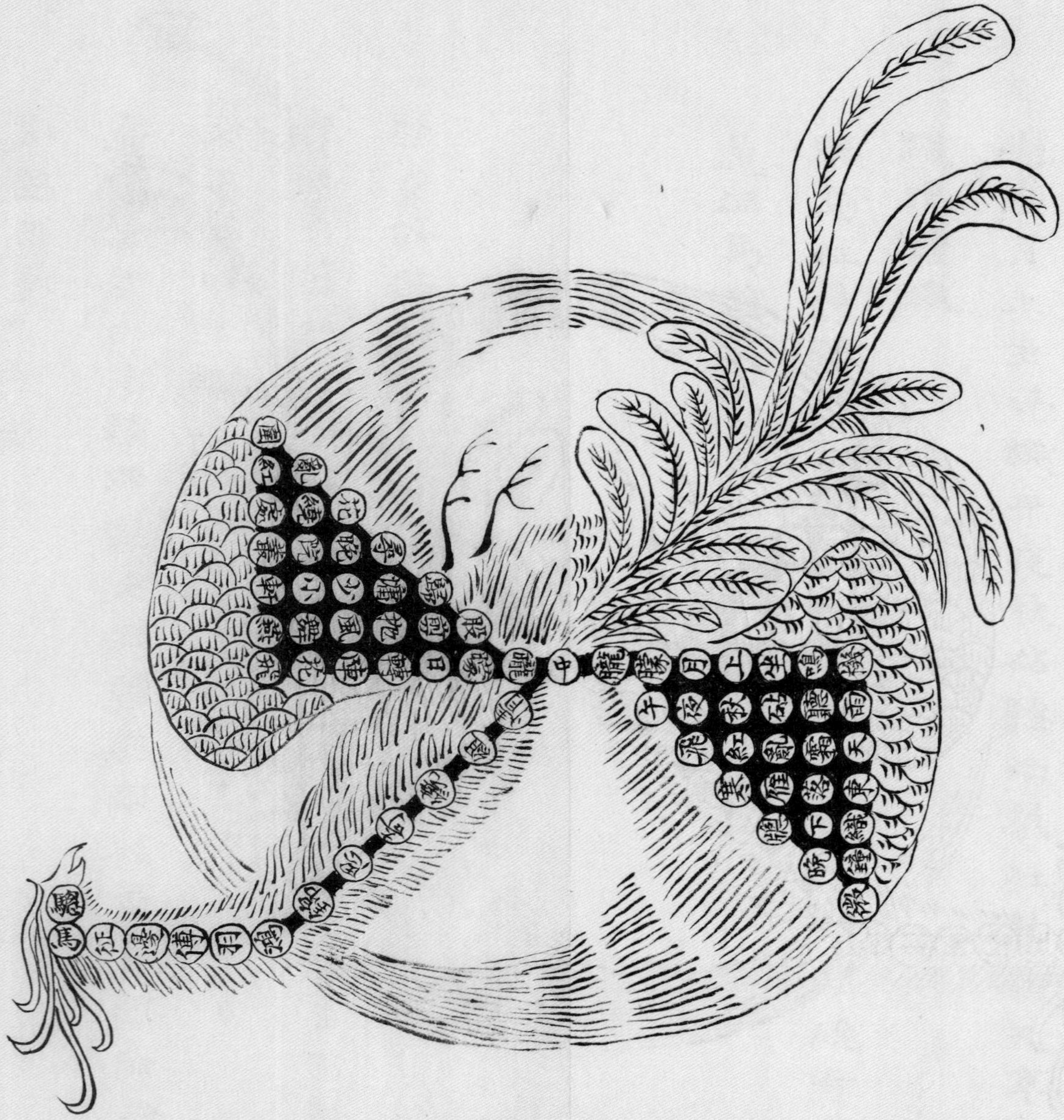

翔鸞錦文釋

絶句

朧曚日轉陣花飛股剪拋風舞燕歸慵步小軒尋晚院叢花繞
處亂紅圍
朧朦月上坐鳴機午夜秋砧聽雨飛紅亂霜天寒雁落東窗下
織晚鐘微
驄馬征邊傳羽鴻錦思奇繞組情中中情組繞奇思錦鴻羽傳
邊征馬驄

廻鸞錦文釋

絶句

遲眠獨復枕玲瓏轉轉圍環心巧工思巧窮工加藻采摛毫管取眼朦朧

知心不使信憑空月鏡明圓看夜終螭鳳龍從文繡錦離迷怕際目蒙蘢

通使秦關犯雨風細敵絲縷纂詩中中詩纂縷絲敵細風雨犯關秦使通

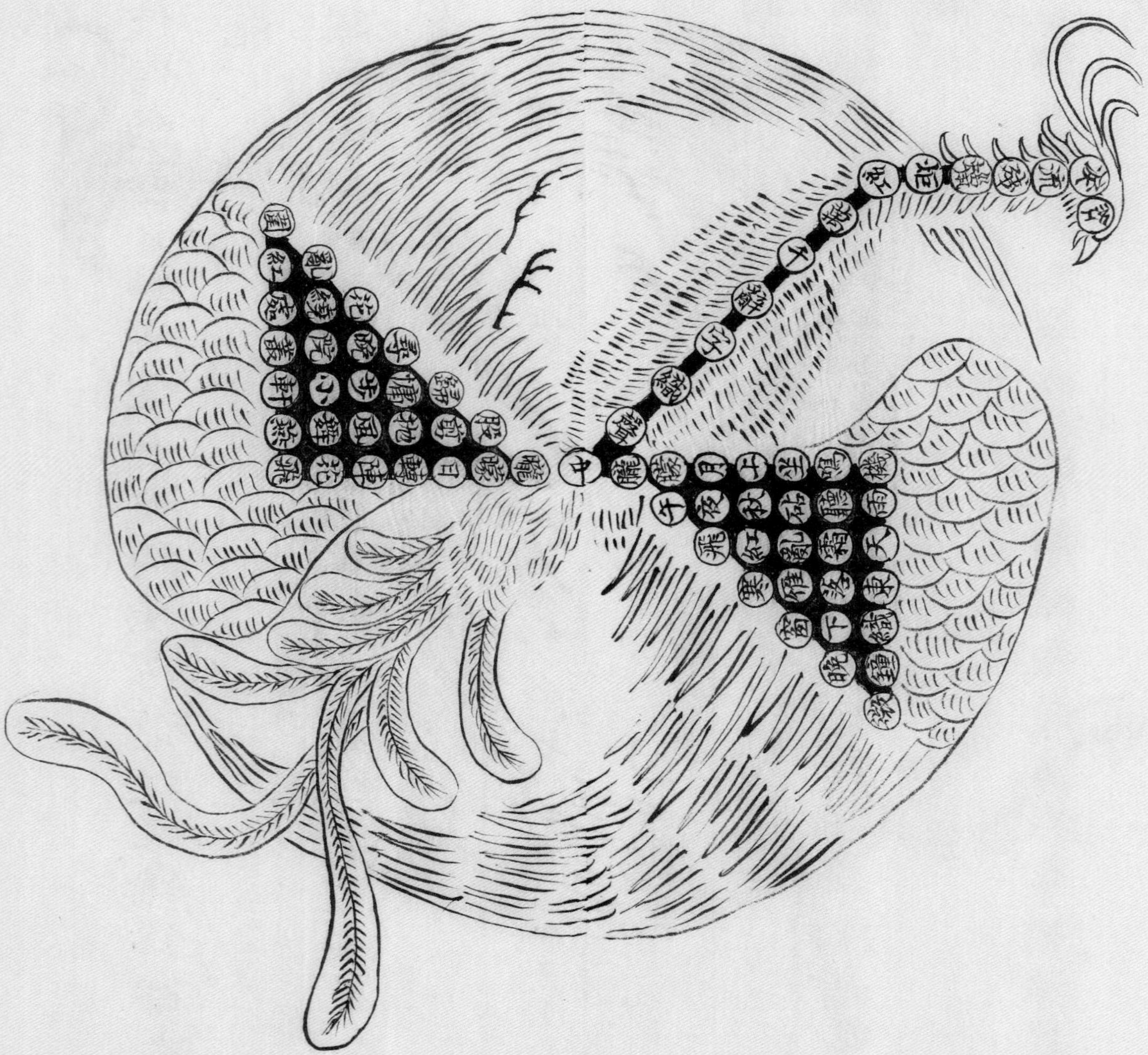

舞鸞錦文釋

絶句

微鐘晚織下窗東落雁寒天霜亂紅飛雨聽砧秋夜午機鳴坐

上月朦朧

園紅亂處繞花叢院晚尋軒小步慵歸燕舞風拋剪股飛花陣

轉目曚曨

紅淚流殘燭炬紅萬千辭字織聲中中聲織字辭千萬紅炬燭

殘流淚紅

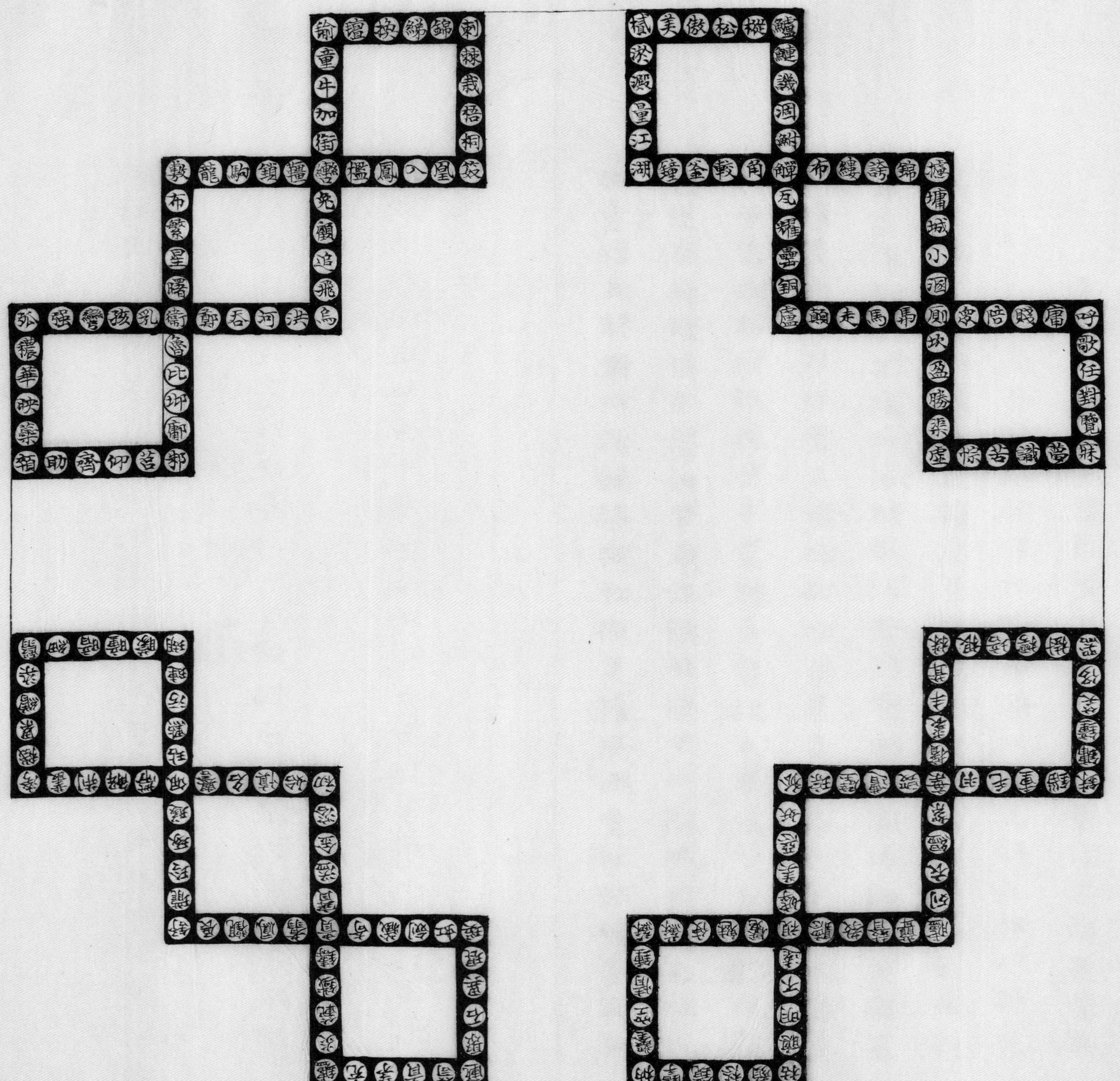

三花方勝錦文釋

言志　蘇氏淑慎恭賢與讒嬖爲伍蕭艾芳蘭臭香異趣怨而言志迴環比喻離騷不作古詩之所以興也

鎔金溢寶貴鑄鐵範炎鑪充茅貢笥匭聚石異珉瑛虹劍藏奇

貴翡鳳觀展舒瓏玲琢璲佩玷黙汚璉瑚曚臚暗細翳染繒累

織誇叢荆解帶佩譽名慎始初琮璧遺毀棄羽毛重錙銖鏞鐘

笑侈囂樹櫻培根株茸丰袠擯棄絮緼衣列臚聾瞽教聽視魔

魅使蘇蘇鍾情空鑿枘擘鏡慈顔枯聰明不遠視婷美惡妖狐

銅罍耀瓦觶斛涸讖鏈鱸擬松儆美檟淤澱量江湖鐘釜較角

繟布縷誇錦櫨墉城小涵厠坎盈勝渠虚悰苦識夢寐擘對任

歌呼庸賤陪衆厠帛馬走顛盧洪河吞鄭衛孺孩孿强孤穠華

映藻穎助齊仰呂邦鄘邶比魯衛曙星繁布數龍駒鎮轠轡檻

鳳入凰筬桐梧栽棘刺錦綈換壇瑜童牛加銜轡免顧追飛烏

順讀退句用貴字韻

逆讀一首退句用免字錦字換韻

讀法

銜環順逆退句讀九十六篇　內又有上下句分手交手順逆之法又得一百七十二首

銜環順退句讀者十二環連轉如鎔金至飛烏爲一篇鑄鐵至寶貴爲一篇充茅至炎鑪爲一篇如是遞次銜環至

兌顧為順讀四十八篇衡環逆退句讀者如烏飛至全鋸為一篇𢡟衡至顧兌為一篇瑜璮至斗壷為一篇如是遞次衡環至貴寶為一篇為逆讀四十八篇

每勝順逆退句讀九十六首內又有上下句分手交手順逆之法又得一百七十二首

每勝順逆退句讀者每三環自讀十六句為一首也三環順逆得二十四首十二環得九十六首

兩勝對待順逆退句讀二百八十八首內又有上下句分手交手順逆之法

又得五百七十六首

兩勝對待順逆退句讀者六環相對二十四句為一首也如左六環相對順逆退句四十八首右六環相對順逆退句四十八首上六環相對順逆退句四十八首下六環相對順逆退句四十八首四隅交斜對待順逆退句又得九十六首

三勝勾帶順逆退句讀二百八十八首內又有上下句分手交手順逆之法

又得五百七十六首

三勝勾帶順逆退句讀者九環連轉三十二句為一首也順逆退句六十四首四位遞轉為三勝勾帶之法共二百五十六首

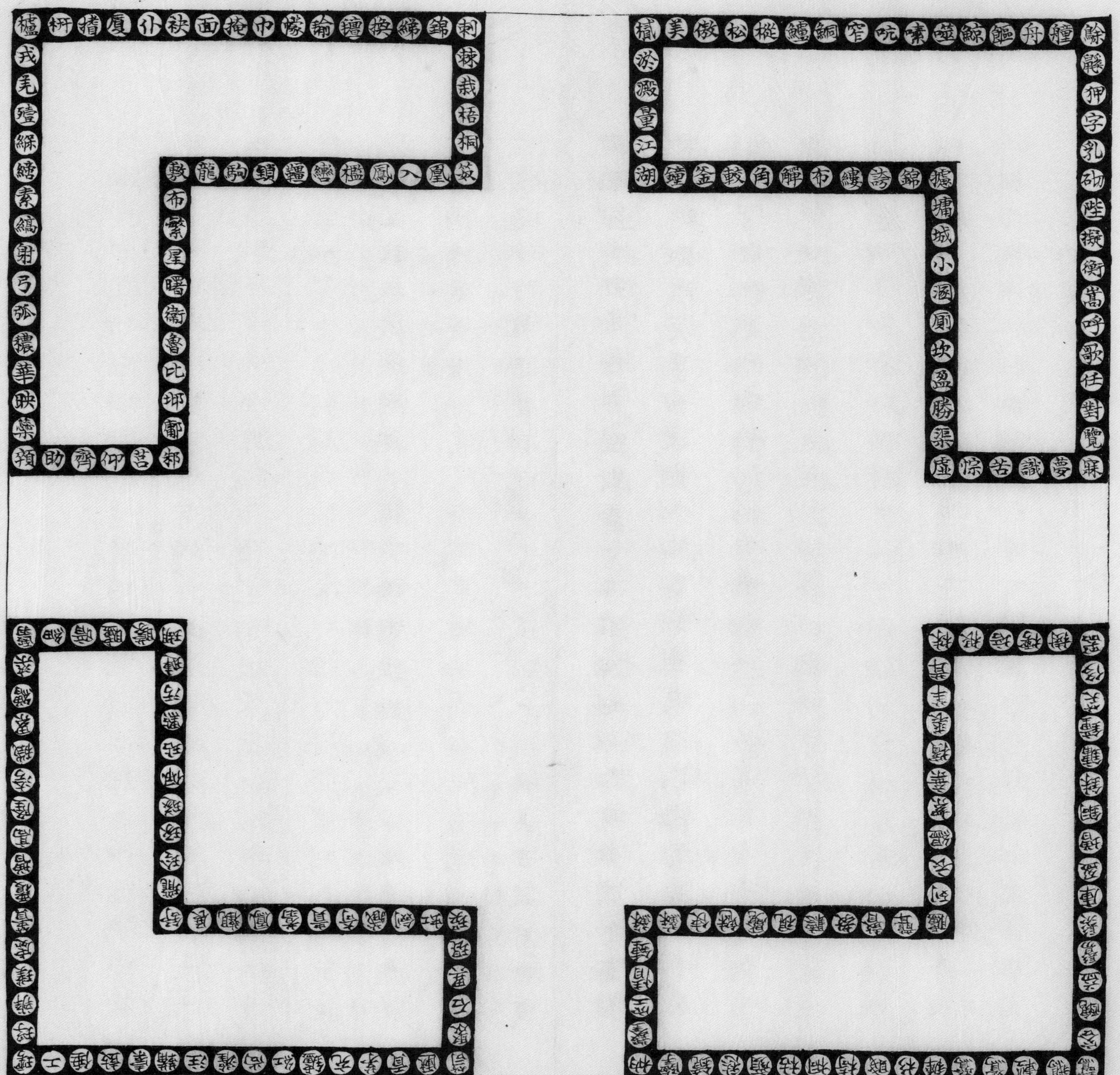
櫨枅楮廈仆袂面掩巾幪褕襢挾緗錦刺
棘栽梧桐筱
數龍駒鎖韁轡檻鳳入凰
戎羌殪綵縍素縞射弓弧穠華映藥
布縈星曙衛魯比坷鄘
預助齊仰莒邾
樻美儌松樅鱸鮦窋吭嗦噬鯨䰻舟艟
游澱量江
湖鐘釜較角觶布縷誇錦攄
鯀鬆狎字乳砌陛擬衡萵呼歌任對覽寐
墉城小涵厠坎盈勝渠
虛悰苦識夢

大慶雲錦文釋

言志

駼驪狎字乳砌陛擬衡篙吁歌任對覽寐夢識苦悰虛渠勝盈
坎廁涵小城墉櫖錦誇縷布觶角軾釜鐘湖江量瀲淤櫝美比
松樅鱸鮦窄吮嗉噬鯨鏂舟艟鴐鶩輕駕鷺稗杉賤椅桐枯顏
愁鏡擘枘鑿空情錘蘇蘇使魅魔視聽教訾聾臚列衣緼絮棄
擯裘羊茸株根培檸樹罟侈笑鐘鏞銖銅增盈庫髮鬄盂醜容
璊琈辨璞處菁覆增高隆洿織累繒染翳細暗臚矇瑚璉汙玷
黙佩璲琢玲瓏舒展觀鳳翥貴奇藏劍虹瑛琨異石聚笥匣貢
茅充鑪紅尚濯注黼韋鼓倕工櫨枅楮廈仆袂面掩巾幪瑜氈
換綈錦刺棘栽梧桐筱凰入鳳檻戀韁鎖駒龍敷布繁星曙衛
魯比邛廓邦莒仰齊助頳藻映華穠孤弓射縞素繕褓殖羌戎

順讀又逆讀一首

讀法

縧連斷續順逆退句讀九十六首內又有上下句分手交手順逆之法又得一百七十二首

縧連斷續順逆退句讀法一如三花方勝錦衢環退句之例

每隅順逆退句讀九十六首內又有上下句分手交手順逆之法又得一百七十二首

每隅順逆退句讀法一如三花方勝錦每勝順逆退句之例

兩隅對待順逆退句讀二百八十八首內又有上下句分手交手順逆之法

又得五百七十六首

兩隅對待順逆退句讀法一如三花方勝錦每勝對待順逆退句之例

三隅內帶順逆退句讀二百八十八首內又有上下句分手交手順逆之法

又得五百七十六首

三隅內帶順逆退句讀法一如三花方勝錦三勝內帶順逆退句之例

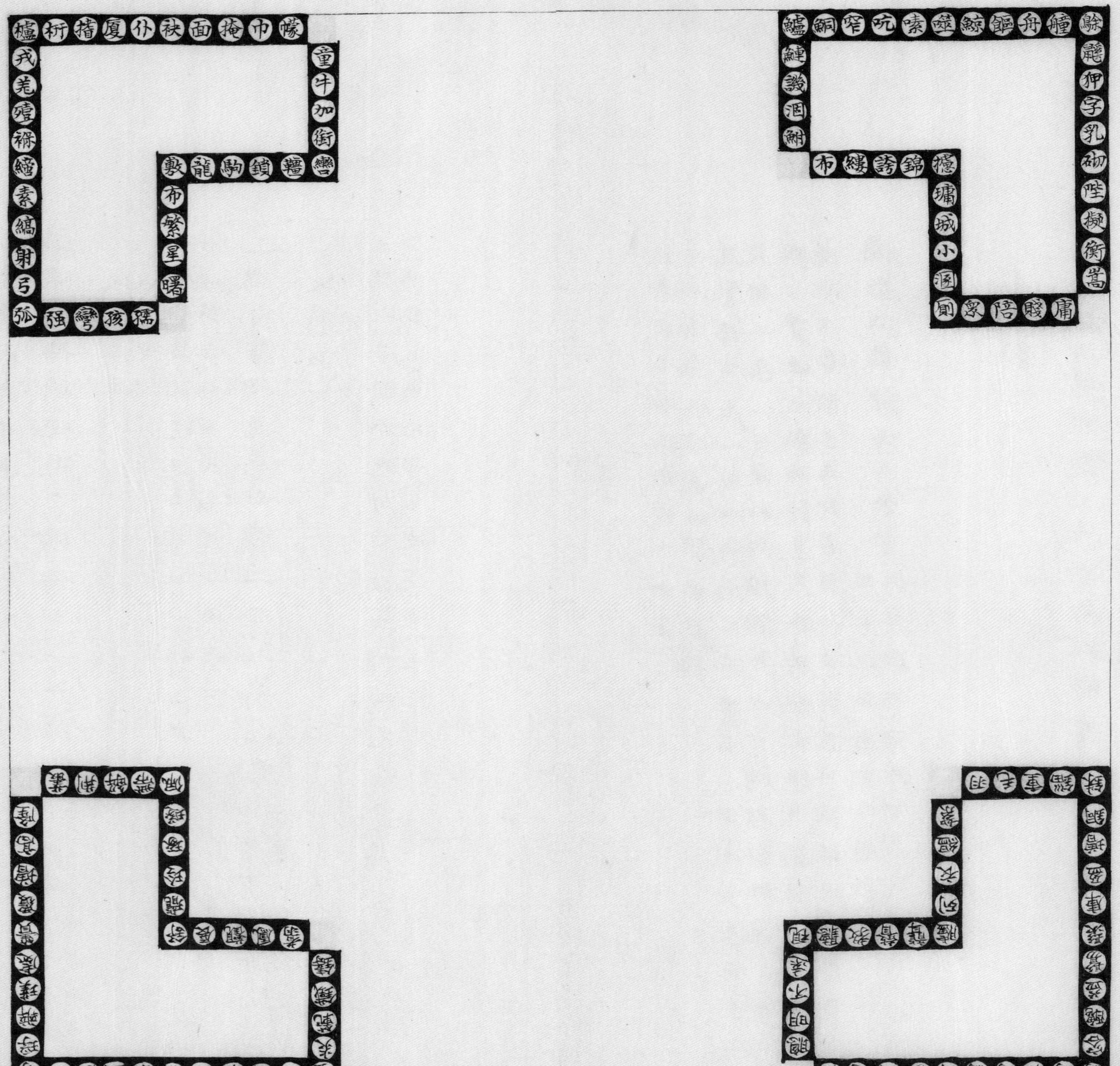
櫨析揗厦仆袂面掩巾幪
童牛加銜轡
數龍駒鎖韁
布繁星曙
戎羌殪褖繒素縞射弓弧
弧强彎孩孺
鱸鮦窄吭嗉噬鯨鏂舟艟駼
狎字乳砌陛樾衡嵩
鰱譏洄鮒
布縷誇錦攄

小慶雲錦文釋

文互見大慶雲暨三花方勝二錦其鱸屑銖視鑪佩孤彎

八字借讀

讀法

斷環勾帶讀六十四首此斷環法諸圖皆有因題目不注此圖可以類推

斷環勾帶讀者每隅各用一句蟬連勾綰相配而讀四句為一首也如緫褓殪羌戎嗟鯨鼯舟艫髮鬚益醜容鞴橐鼓倕工為一首鮒涸識鰱鱸羽毛重錙銖鑄鐵範夾鑪獳孩彎强孤為一首如是遞句勾配為八首各首退句為三十二逆讀勾配為八首各首退句為三十二共得六十四首

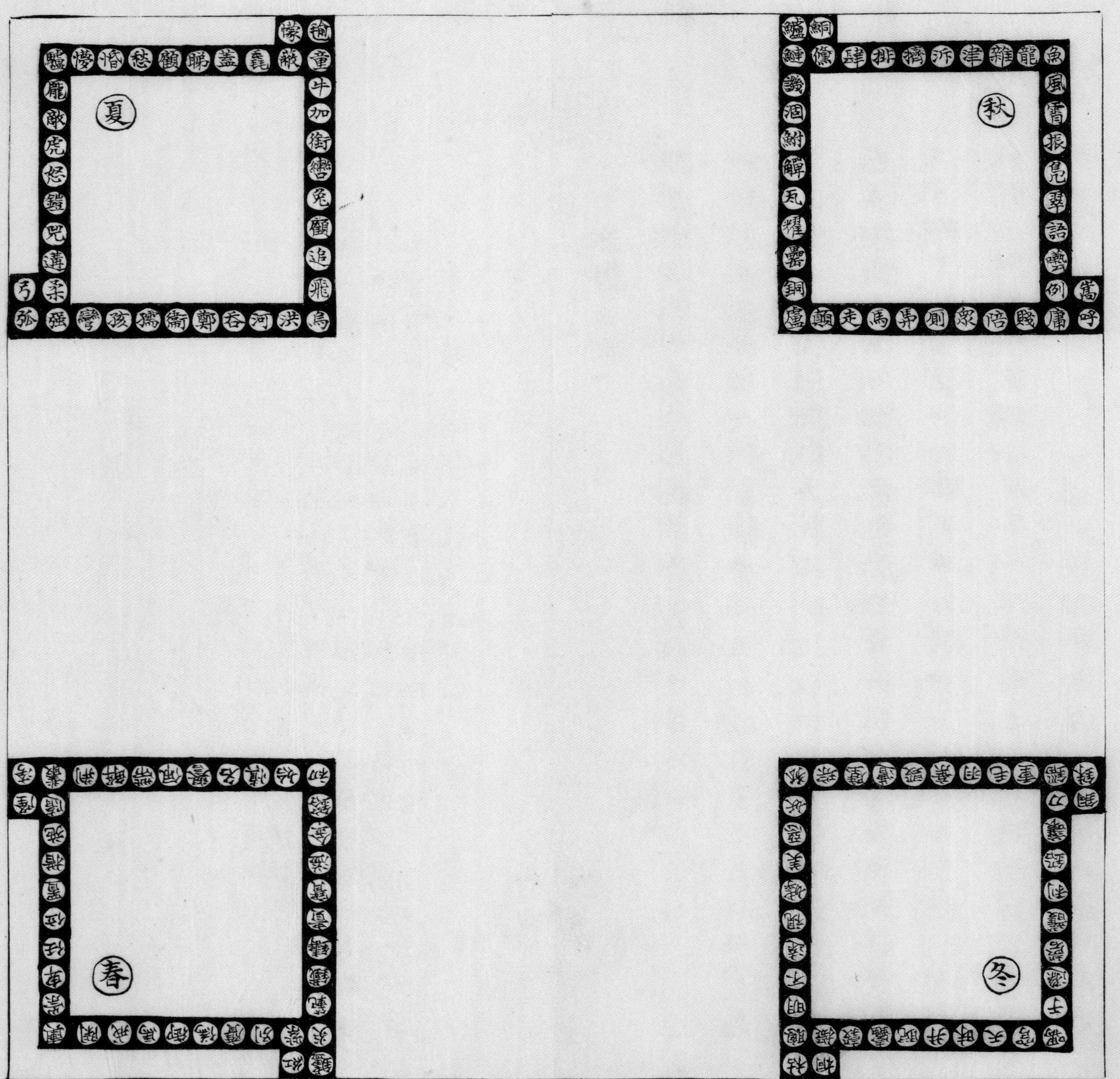
夏
秋
春
冬

四時錦文釋

吁嵩例囈語翠邑振霄風魚龍雜津泝擠排肆儵鮦鱸鰱識涸
鮒解瓦糴釁銅爐顛走馬帚爾衆陪賤庸枯桐擬縠蠹睨井昧
天穹喁于遜磬鑊利鋁讓刀銅銖錙重毛羽棄毀遺璧琮狐妖
惡美嫭視遠不明聰誇隆隨施措置位任卑崇輿閑戒馬御僞
覆別紫紅鑪夾範鐵鑄晝寶溢金鎔初始慎名譽佩帶解荆叢
揄幪蔽毳蓋睇顧愁惛僂驢罷敵虎怒鎧兕遘柔弓弧強彎孩
獳衛鄭香河洪烏飛追顧兔鸞衛加斗量 順讀

逆讀一首

讀法

絲連斷續順逆退句讀六十四篇 內又有上下句分手交手順逆之法又得一百二十八首

讀如大慶雲錦文之例

每隅順逆退句讀六十四首 內又有上下句分手交手順逆之法又得一百二十八首

讀如大慶雲錦文之例

兩隅對待順逆退句讀一百九十二首 內又有上下句分手交手順逆之法又得三百八十四首

讀如大慶雲錦文之例

二隅句帶順逆退句讀一百九十二首內又有上下句分手交手順逆之法

又得三百八十四首

讀如大慶雲

錦文之例

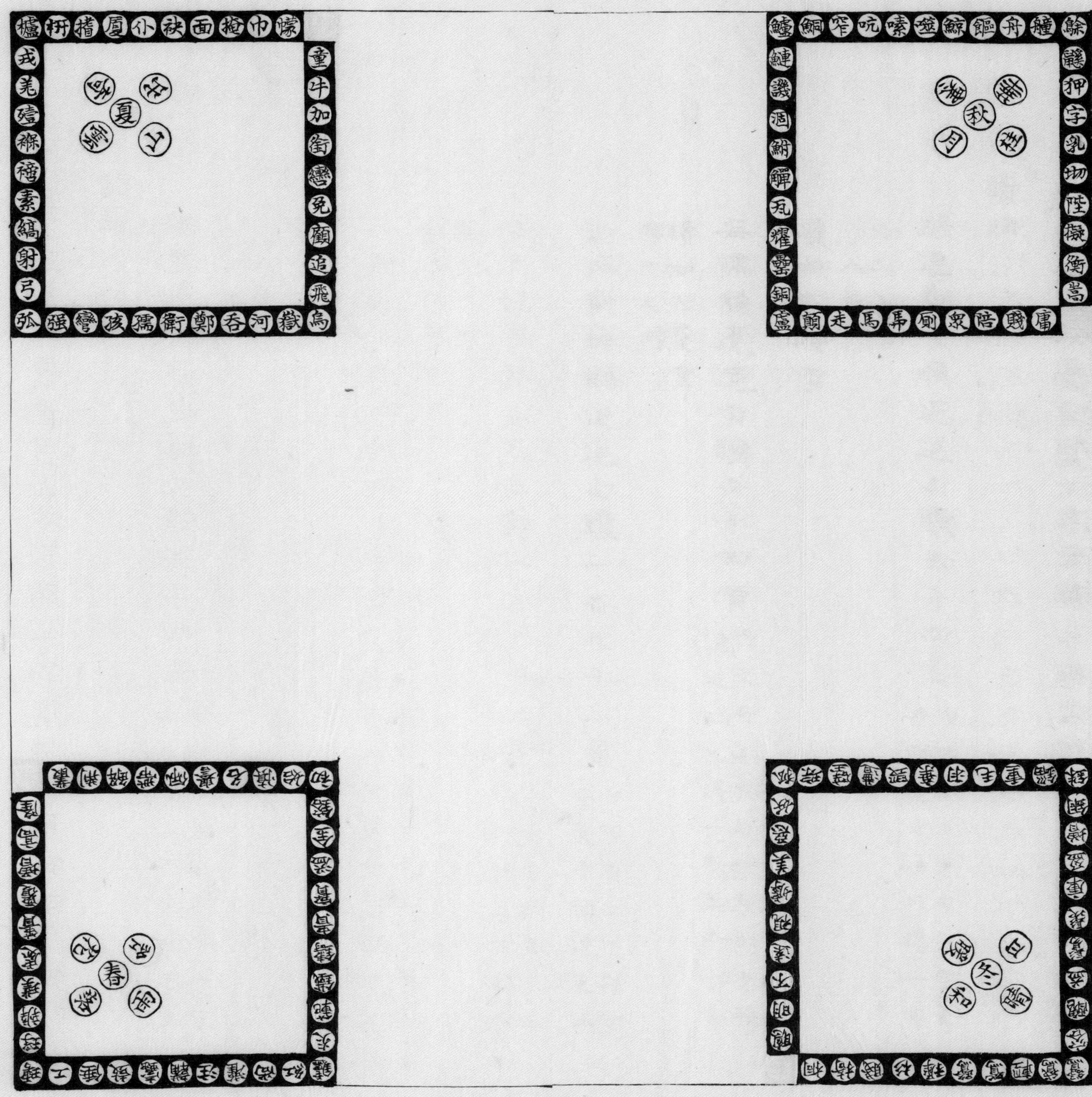
夏
秋
春
冬

四時錦文釋

文互見大慶雲暨三花方勝二錦其鱸孤鑪銖四字借讀

讀法

絲連斷續順逆退句讀六十四首內又有上下句分手交手順逆之法又得一百二十八首

讀如大慶雲錦文之例

兩隅順逆退句讀六十四首內又有上下句分手交手順逆之法又得一百二十八首

讀如大慶雲錦文之例

兩隅對待順逆退句讀一百九十二首內又有上下句分手交手順逆之法又得三百八十四首

讀如大慶雲錦文之例

三隅內帶順逆退句讀一百九十二首內又有上下句分手交手順逆之法又得三百八十四首

讀如大慶雲錦文之例

春雨

紅雨春花落春花落雨紅花紅春雨落花雨落春紅紅落春花

雨雨花春落紅春紅花雨落春雨落花紅

讀法

穿心讀律絶八首讀如建辰錦之例

抽心讀律絶三十二首讀如建辰錦之例

夏雲讀法如前

秋月讀法如前

冬日讀法如前

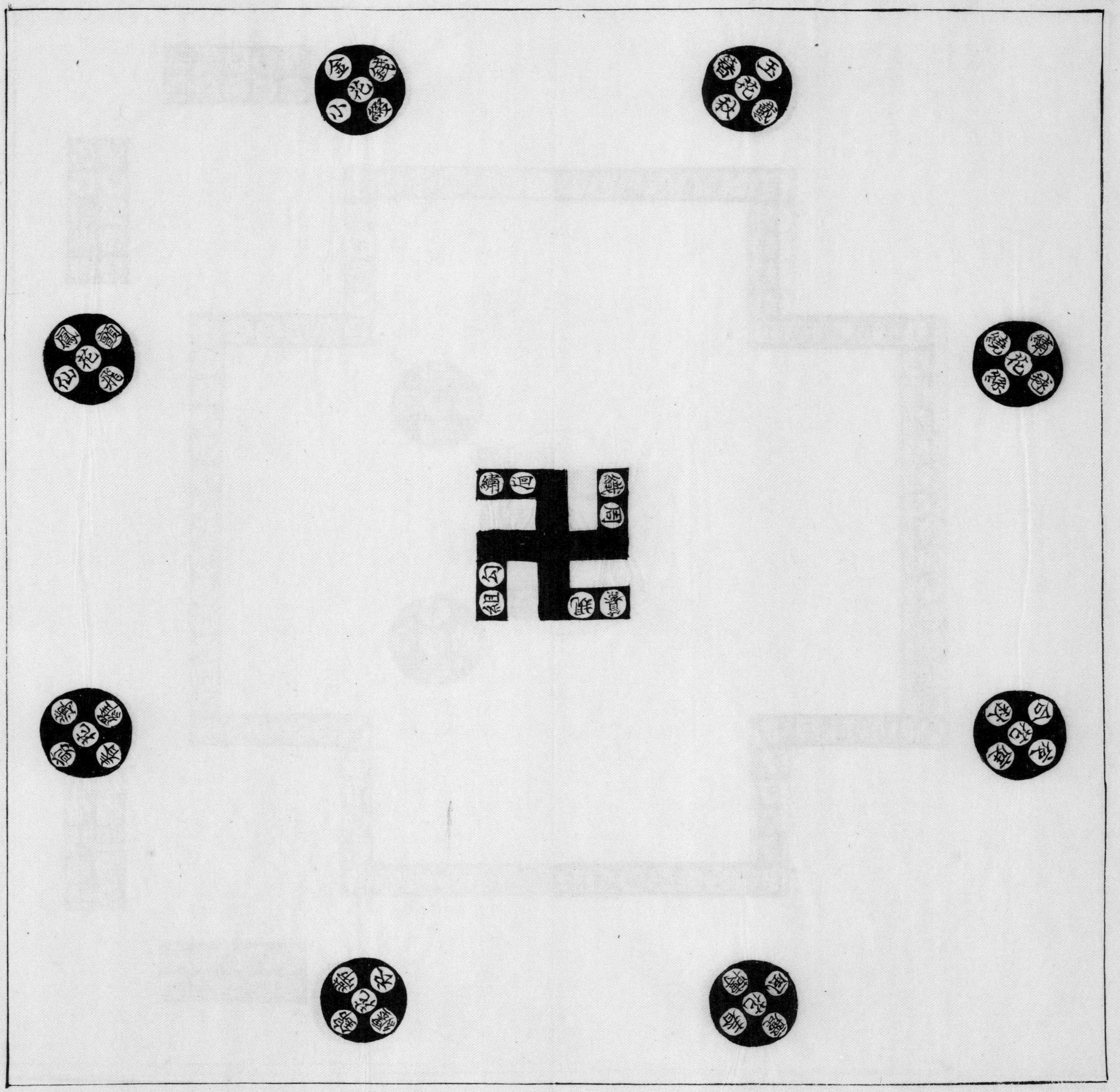

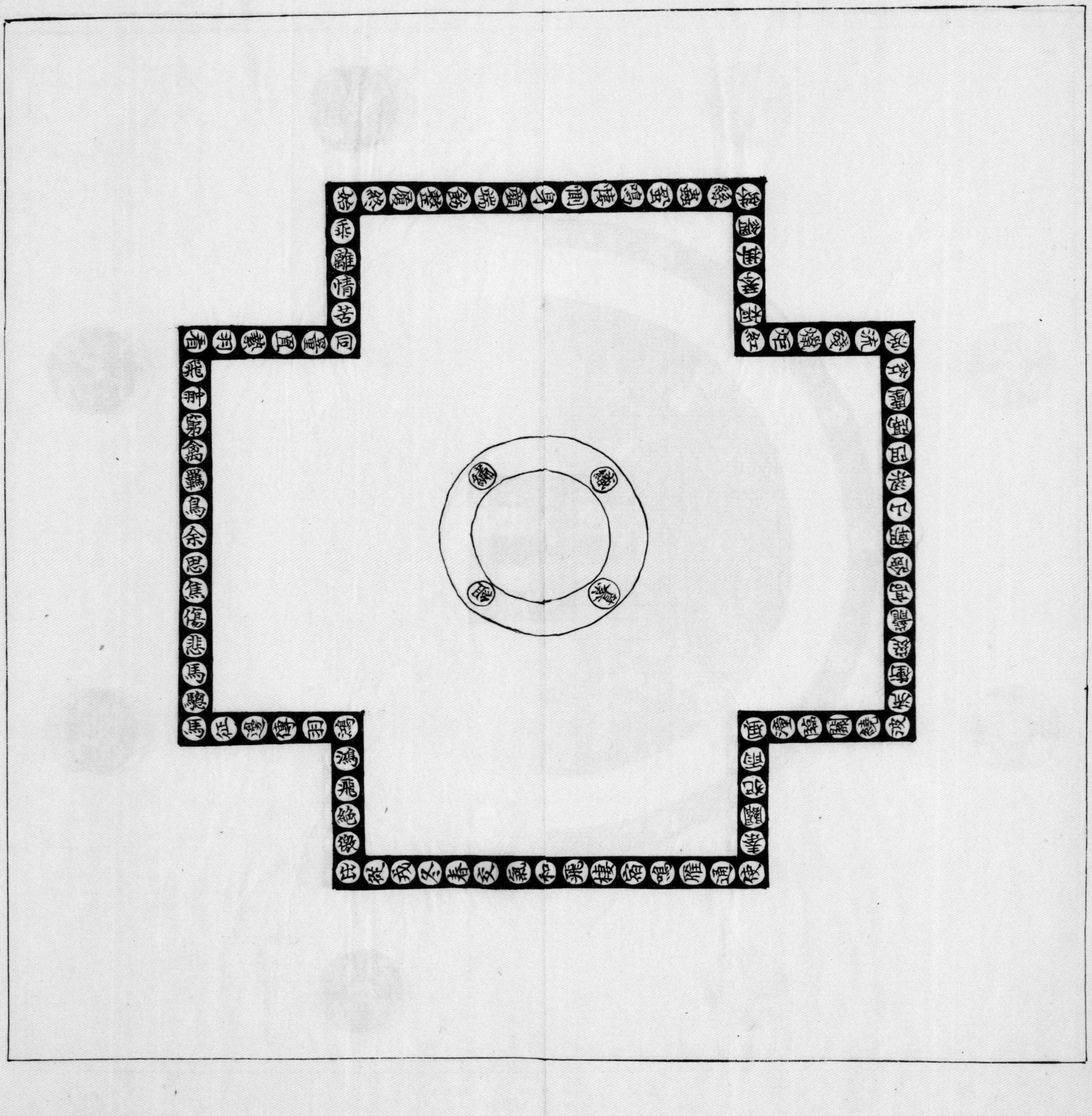

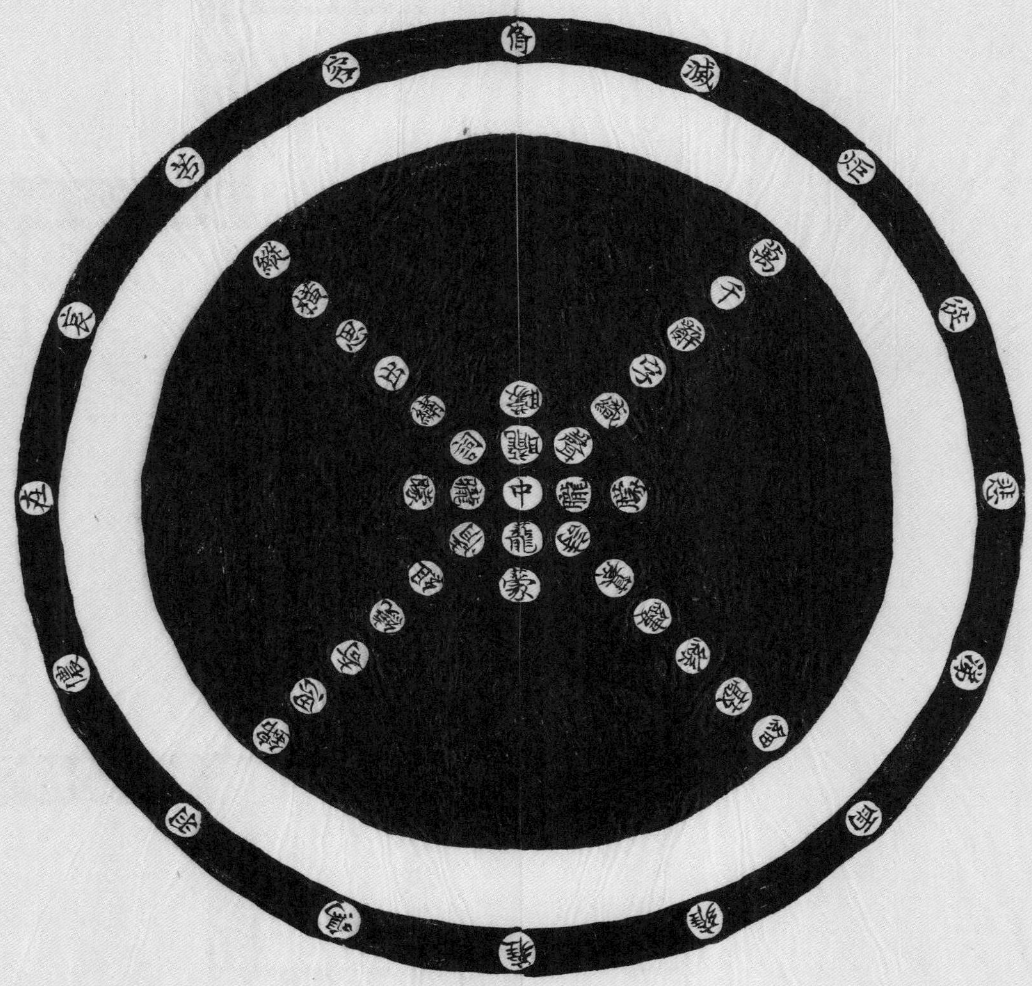

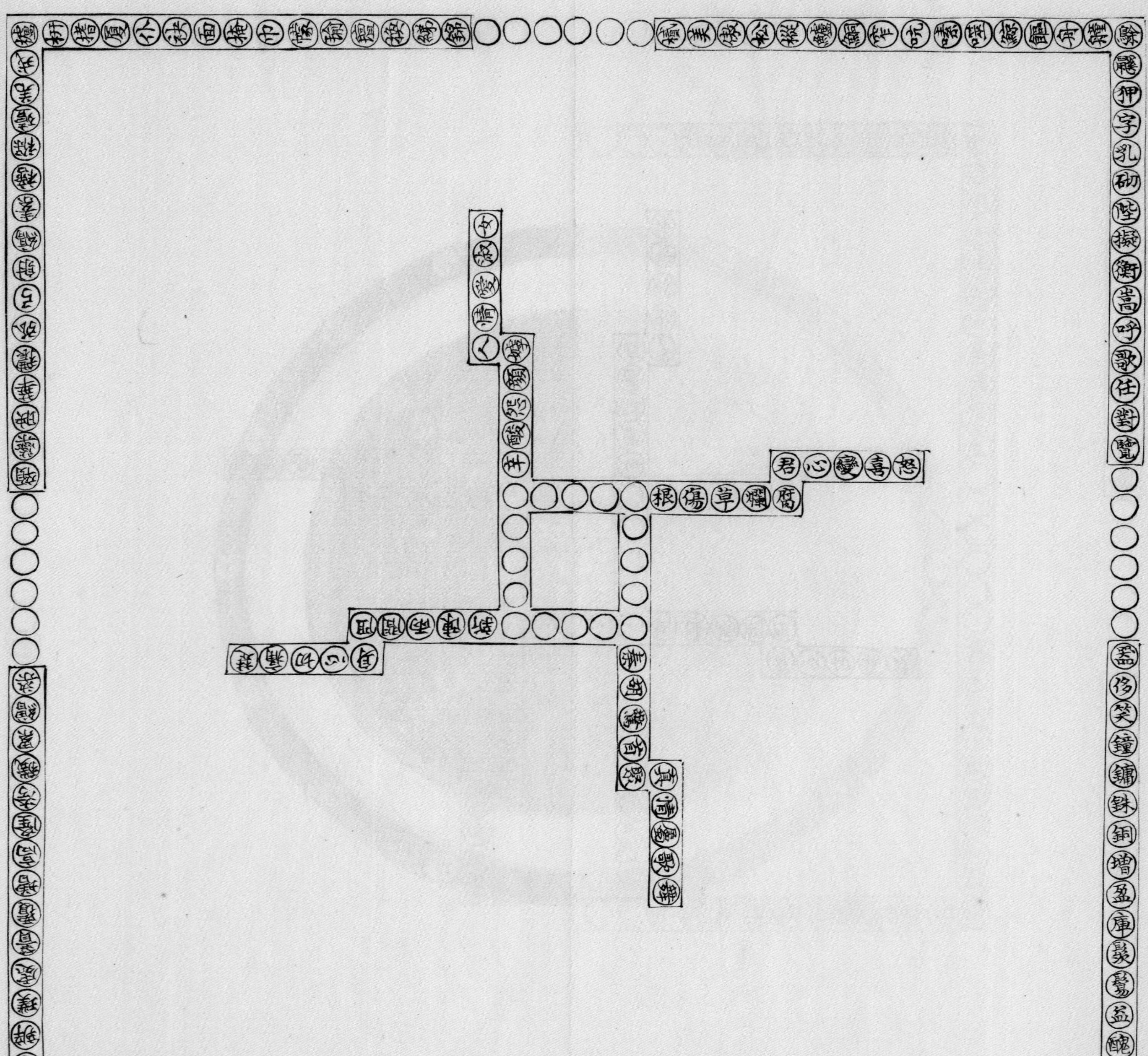

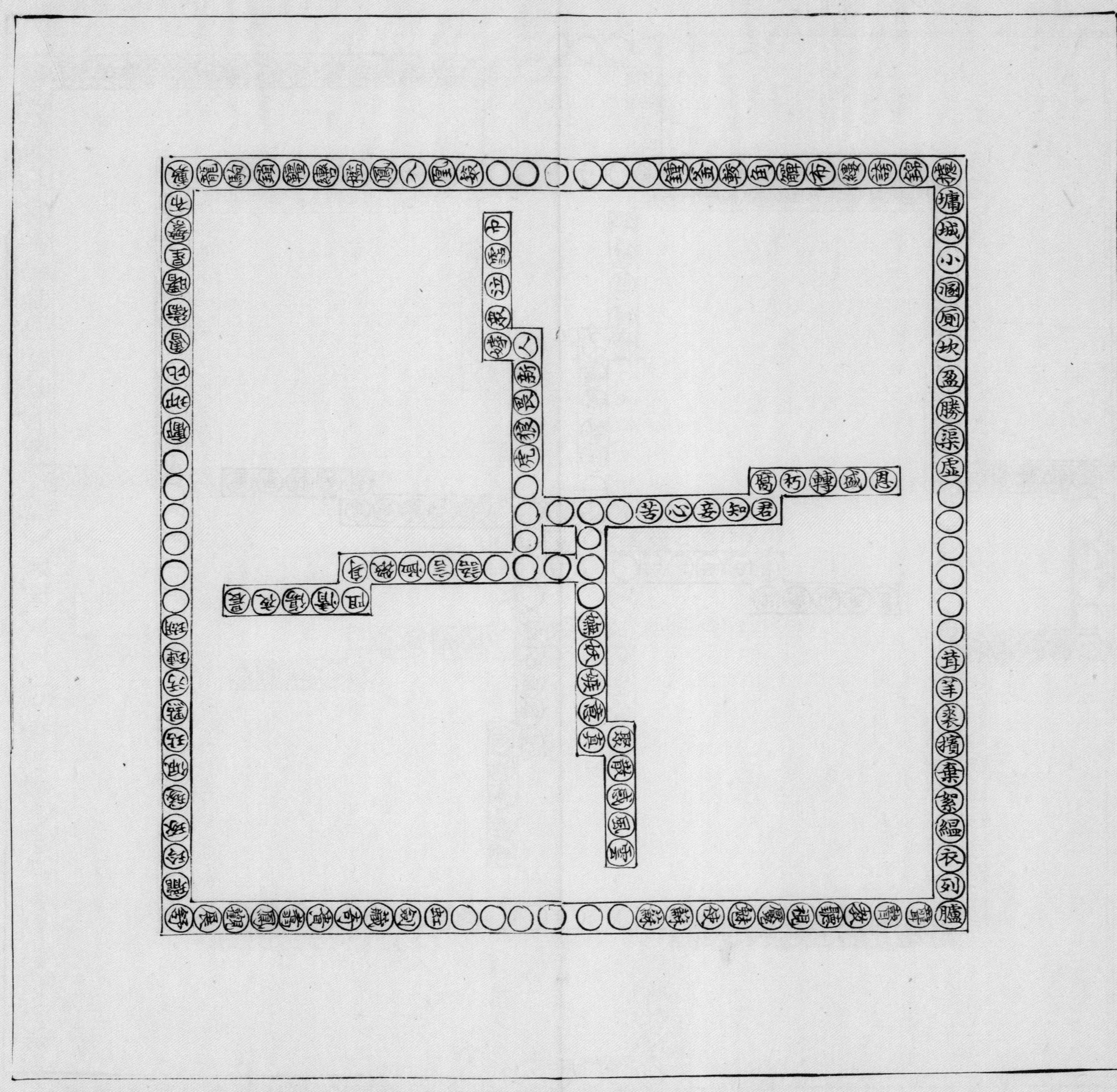

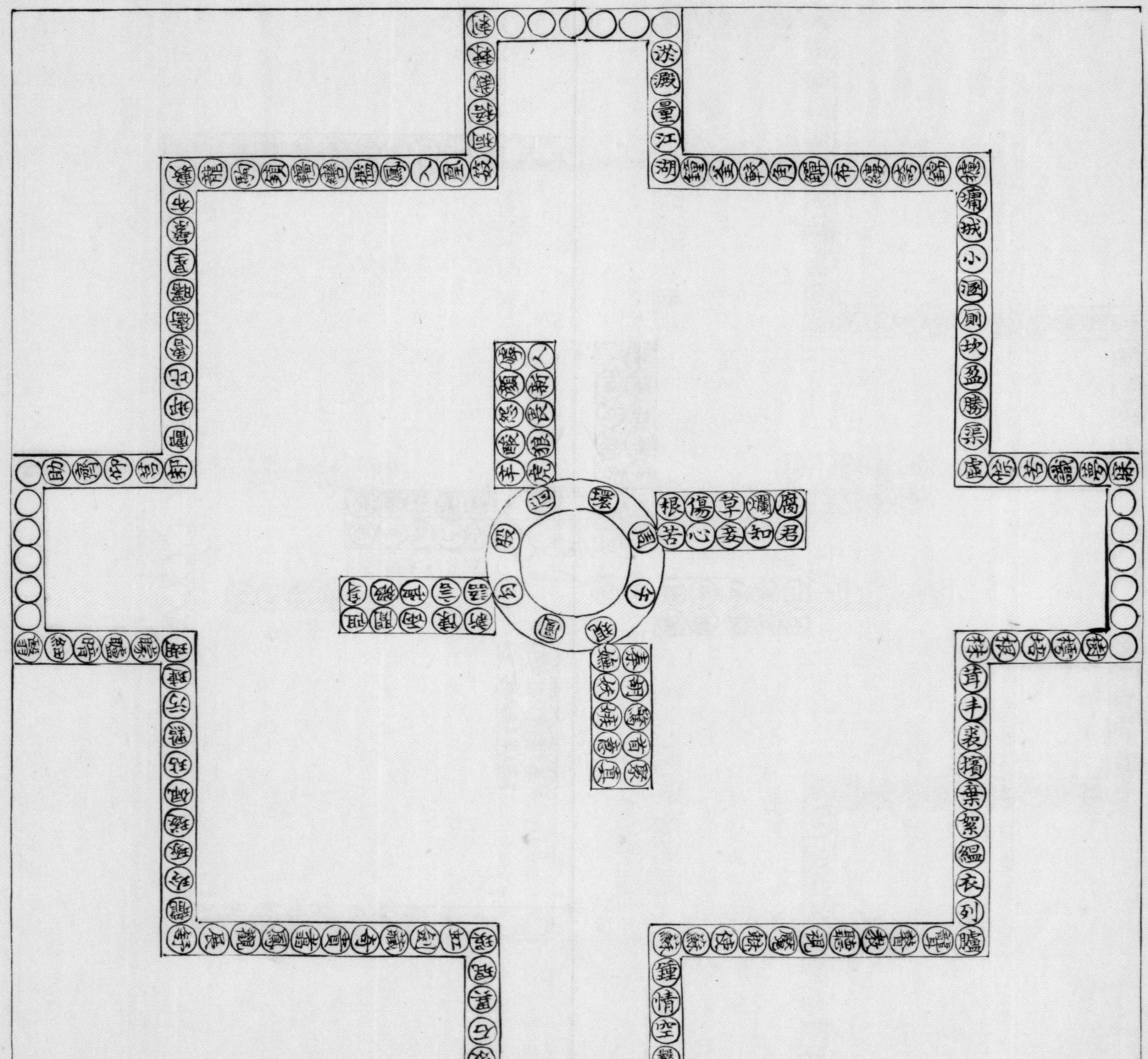

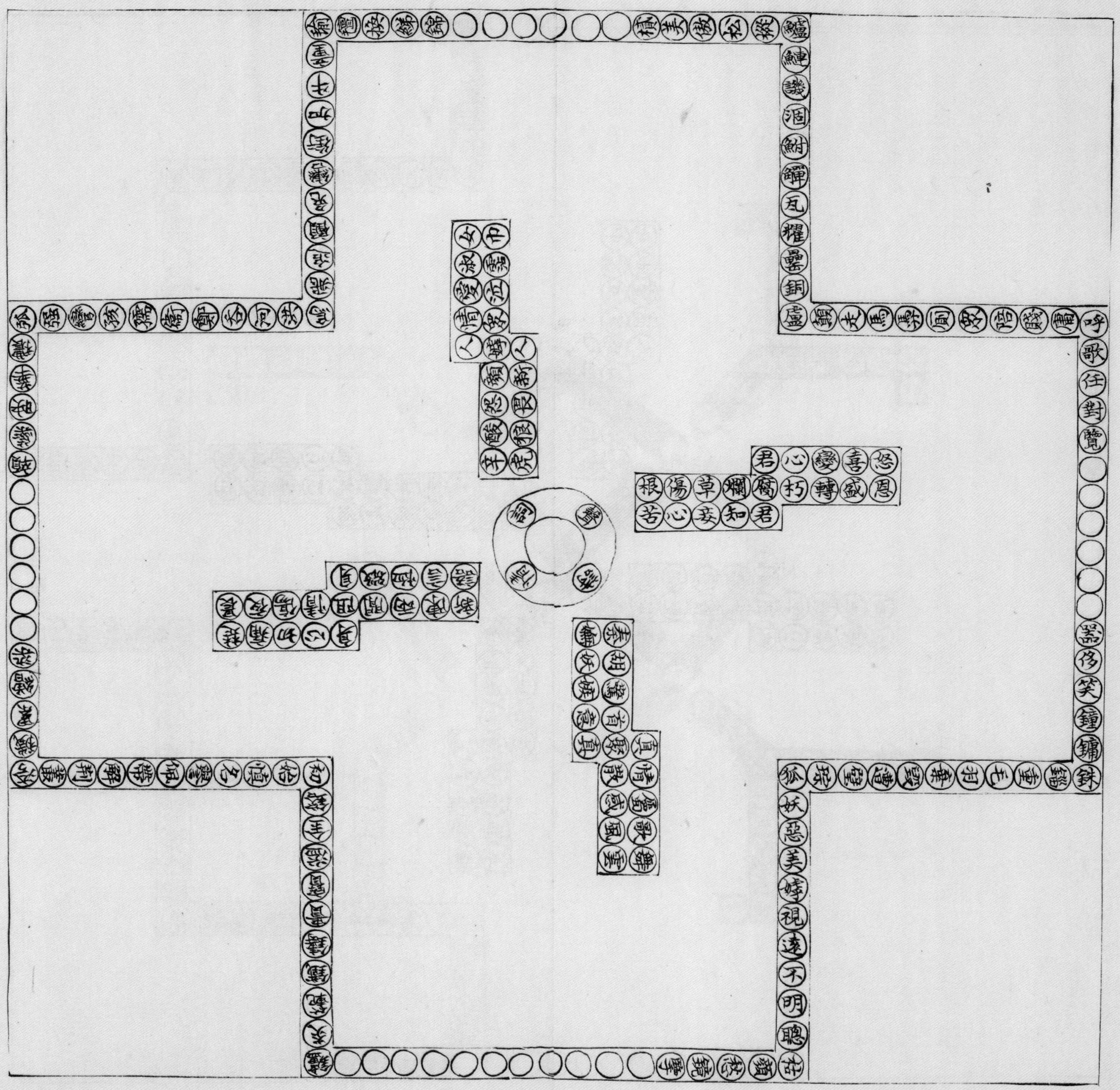

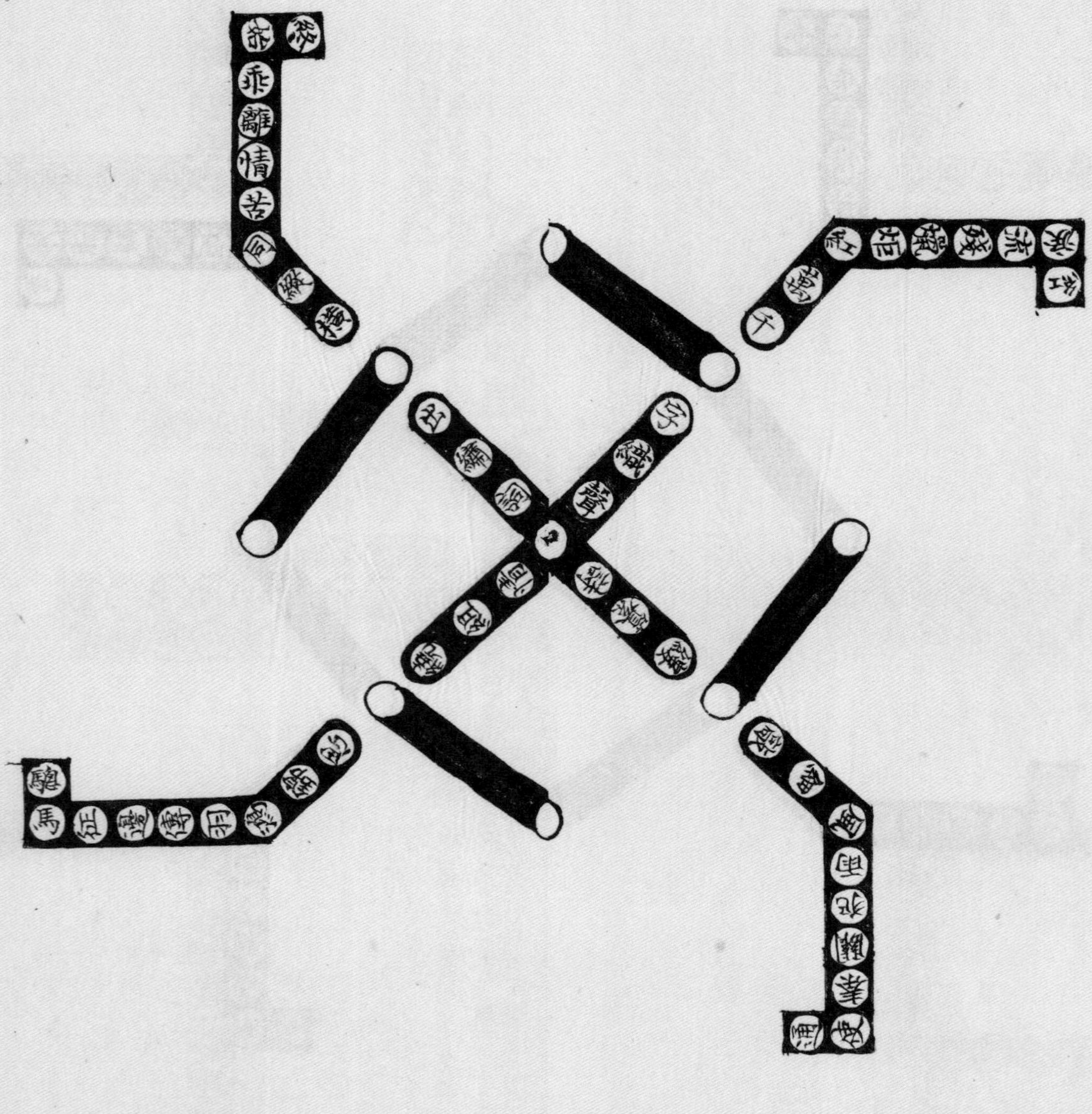

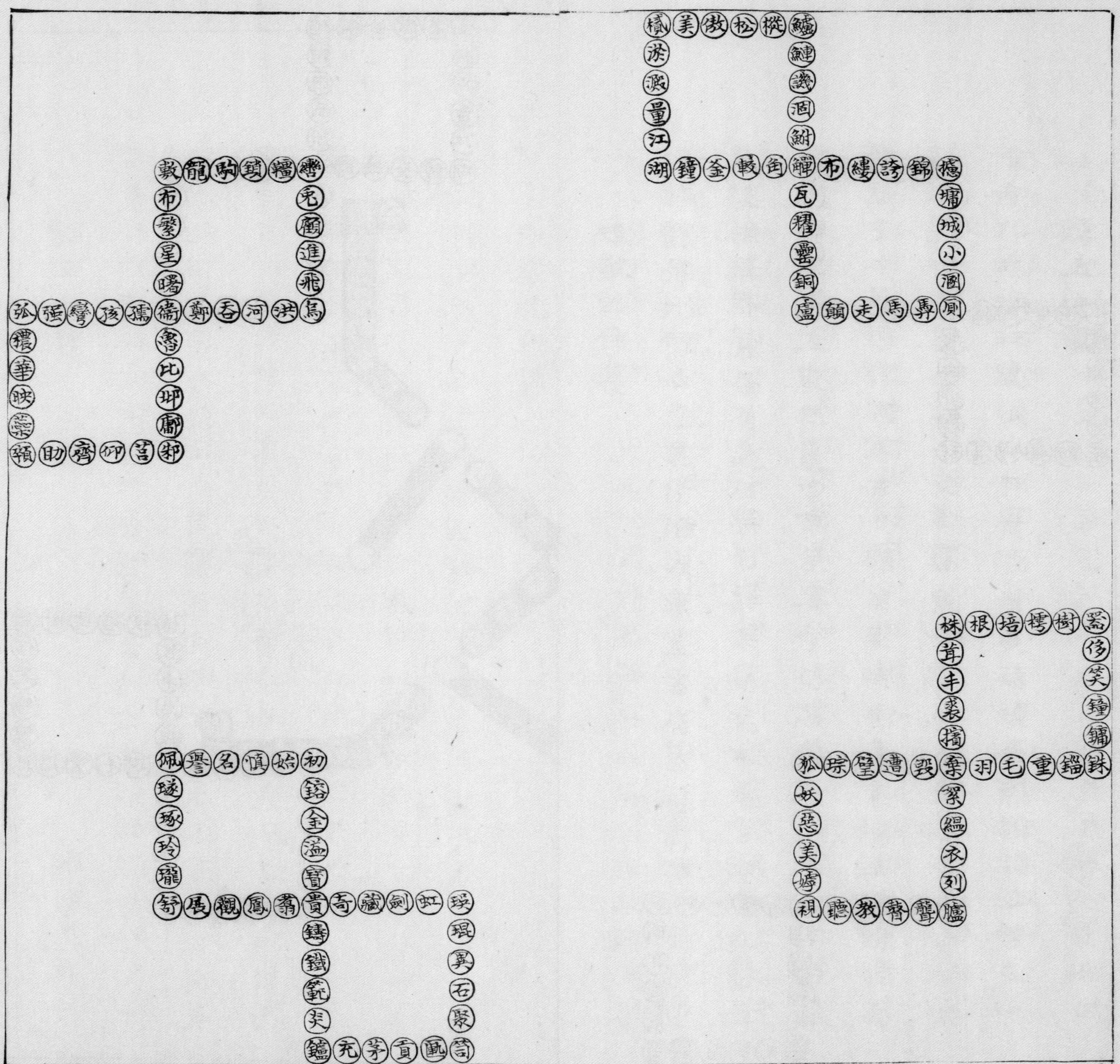

贈言

贈王仲瞿

同邑　顧列星　夜光

昔者孔北海祇愛禰生狂應劉我長話唾棄難頡頏亦越呂仲悌水乳惟奚康告絕山吏部屬鼠嚇鵷凰人生各有志貧賤交難忘寸心苟相許歲寒得冰霜英英瑯瑯彥秉德珪與璋發為璀璨辭照十五乘光曩昔諧笑宴今仍闊參商落落未一吐盈盈徒相望莽蒼各有適河漢自無梁結交不在多亦不在辭章但識劉豫州何必于襄陽陋哉車笠言肩肩計炎涼

短歌貽仲瞿

友以詩作合十年乃見王仲瞿仲瞿矯矯神龍駒涯涘淺水容不得蒲梢萬里徠皇都黃金臺高郭隗死帝遣鹽車囚騄駬何當峻阪注銅丸看汝驍騰日千里君不見蔡邕最愛君家粲家書盡與無嫪戀倒屣迎來滿座驚吟成灞岸人爭羨又不見昌黎不嫌昌谷小鄭重相過非草草辯諱何妨紕繆識神寒骨重先傾倒嗟余擁腫老蓬蒿長鑱雪劚同谷苗仲瞿斫地歌正豪俾余心醉氣不驕人生知己苦難得况乃振轡馳風騷唱余和汝歌且謡紅顏白髮成心交托契不在三物要君看鴻鹿尚結侶得不慷慨求其曹鳴呼得不慷慨求其曹

采桑子　為仲瞿書事

王郎生小風流甚，青漆高樓，紅袖香篝，自鼓琵琶殢莫愁。　江
南江北遨遊遍，玉樹歌柔，錦瑟絃浮，繡被常眠載郢舟。
金臺石鼓摩挲久，課積鏞堂，賦獻長楊，難飽侏儒粟一囊。　蓮
花幕裏空羈駿，項細周張，顛倒郎當，一笑歸來對孟光。
酣歌擊劍渾閒事，大筆如椽，黼黻圖宣，應汗千秋蘇蕙顏。　年
年不得文章力，椎碎朱絃，誰薦鳶肩，節屢空山冷石田。
知君最眷雲藍袖，柳絮韋臺，桃葉秦淮，不數樊家擁髻才。　清
宵內集吟成後，明月棲懷，豆蔻含胎，笑把於菟弄幾回。

右黼黻圖稿，仲瞿先生未竟業也。按先生自跋云：共圖一幅，分
圖四十有九，茲惟三十四圖，自注末頁云其餘尚未圖出，且自
全錢錦下釋文未備，故世所傳者僅全錦而已。全錦一圖，先生
曾自刻之，錢塘陳雲伯再刻之，宜興潘治甫嘗書以贈人，余凡
三見之。然讀者每興望洋之歎，茲得是稿，不啻渡津之寶筏也。
爰錄之以庋諸篋。原稿藏秀水嚴氏。時咸豐四年甲寅秋閏七
月十有九日燈次，私淑弟子張鳴珂拜識。